MALENTENDUS

DU MÊME AUTEUR

L'INDUSTRIE DE LA CONSOLATION, Verticales, 1998.
MOVI SÉVAZE, Verticales, 1999.
THÉORIE DE LA DÉROUTE, Verticales, 2001.
LA MAIN DU SCRIBE, Mercure de France, 2002.
DISPARAÎTRE, Farrago / Léo Scheer, 2004.
VERTICALITÉS DE LA LITTÉRATURE, Champ Vallon, 2005.
LE BONHEUR D'AVOIR UNE ÂME, Maren Sell, 2005.
L'AMANT LIESSE, Champ Vallon, 2007 ; J'ai lu, 2011.
UNE GUERRE SANS FIN, Maren Sell, 2008.
L'INVRAISEMBLABLE HISTOIRE DE GEORGES PESSANT, Flammarion, 2010.
PETIT ÉLOGE DE LA PATERNITÉ, Folio n° 5126, 2010.
DANS LES ROULEAUX DU TEMPS, Flammarion, 2011.
MALENTENDUS, Actes Sud, 2013 ; Babel n° 1960.
LE VERTIGE DANOIS DE PAUL GAUGUIN, Actes Sud, 2014.
LA VILLA DU JOUIR, Serge Safran, 2015.
PAR LA VILLE, HOSTILE, Mercure de France, 2016.
PERDRE LA TÊTE, Mercure de France, 2017.
DÉBUTER, COMMENT C'EST, coll. "Agora", Pocket, 2019.
AUX CONFINS DU SOLEIL, Mercure de France, 2020.
LE TRAIN DE PROUST, Pauvert, 2022.
PUISSANCES DE L'ART OU LA LANCE DE TÉLÈPHE, MF éditions, 2024.
TRANSFORMATIONS, Actes Sud, 2025.

ISBN 978-2-330-20250-7

BERTRAND LECLAIR

MALENTENDUS

roman

BABEL

Qu'importe la surdité de l'oreille, quand l'esprit entend ? La seule surdité, la vraie surdité, la surdité incurable, c'est celle de l'intelligence.

VICTOR HUGO

Personne ne vous demande d'être autre chose qu'un homme. Un homme, vous entendez. Pas un ange ni un démon. Un homme est une créature qui marche délicatement sur une corde raide, avec l'intelligence, la conscience et tout ce qui est spirituel à un bout de son balancier, et le corps et l'instinct, et tout ce qui est inconscient, terrestre et mystérieux à l'autre bout. En équilibre. Ce qui est diablement difficile. Et le seul absolu qu'il puisse jamais connaître est l'absolu du parfait équilibre.

ALDOUS HUXLEY,
Contrepoint.

PROLOGUE

Vous avancez, en confiance, dans un monde rationnel et sûr de vous. L'avenir vous sourit, vous le lui rendez bien. Ce nouveau chemin parfaitement balisé sur lequel vous vous engagez ressemble à tant de chemins déjà parcourus qu'il n'offre aucune prise à l'inquiétude – d'autant que vous n'êtes plus seul, désormais, et qu'à vous deux vous disposez d'un solide équipement, avec trousse de premier secours aussi bien qu'assurance-vie, téléphones portables agrémentés d'un contrat de confiance et depuis peu GPS, pourquoi non. Vous pourriez presque vous laisser aller au doux sentiment de flâner, vous surprendre à partager d'une pression de la main l'amour et les riens qui sont là, partout le long du chemin, une fleur à peine éclose, un écureuil traçant sa voie impérieuse à la cime des arbres, le soleil tamisé par les feuilles, comme un désir enfantin d'émerveillement, en somme, dans la pérennité du ciel et de la terre.

Vous faites tant crédit à la force de votre raison et de vos habitudes, vous n'y pensez jamais.

L'important est ailleurs, l'avenir à construire ; vous êtes attendu, peut-être serez-vous fêté à la prochaine étape, vous y songez d'un frémissement de nuque et vous y voilà déjà, publiquement félicité pour l'assurance efficace de votre démarche, cette manière rien qu'à vous de mettre un pas devant l'autre sans y réfléchir mais en sachant pertinemment qui vous êtes, où vous vous en allez ainsi confiant, pourquoi vous y allez, croyant même savoir quand vous arriverez ainsi que demandent les enfants, vous y rêvez souvent, avec bonheur.

Et soudain comme un frisson parcourant l'échine d'un immense animal enfoui sous la terre vous avez la bizarre sensation que le chemin s'ébroue ; résonne sous vos pas un grondement déroutant de puissance, que vous ne reconnaissez pas, non, décidément, jamais vous n'avez rien éprouvé de comparable. Vous pourriez en rire de stupéfaction, à considérer l'étonnement de votre conjoint arrêté la bouche ouverte et celui de tous les autres alentours, est-ce qu'aucun d'entre eux a jamais ressenti une chose pareille dans les jambes et la cage thoracique ? C'est à croire qu'un métro géant passe par là-dessous !

Vous vous accrochez au regard de l'autre, plongeant dans ses yeux écarquillés où se reflètent à l'identique le vertige et la quête éperdue d'une connaissance qui fait défaut, ou bien qui échappe, comme le nom qu'on cherche, du bout de la langue, au bord des lèvres, que vous avez affreusement sèches. Le mot "tellurique" fait un passage éclair sur l'écran de votre conscience mais il s'en trouve aussitôt brouillé, vous rendant à votre stupeur. Vous avez beau chercher, vous ne savez rien d'autre que ceci, à cet instant : quelque chose arrive, quelque chose de réel, qui n'est pas du tout une chimère, qui prend en défaut l'imaginaire et le fantasme, au contraire, qui ne relève en rien de l'idée pure et ressassée, mais quoi ? Quelque chose arrive et, plus exactement, quelque chose vous arrive, à vous, personnellement, vous aviez donc un rendez-vous ici même et vous l'ignoriez, vous voilà désigné hors de l'ordinaire et aussitôt précipité face au réel dans les yeux l'un de l'autre, vous l'éprouvez aussi nettement que le fourmillement euphorique qui vous grimpe au long des jambes, qui gagne tous vos membres et fait palpiter la chair, est-ce inquiétant ou jouissif, vous vous y perdez de n'en rien savoir, de n'en rien pouvoir, échangeant des regards en myriades d'intensités jusqu'à ce sourire bizarre qui vous arrache mutuellement le visage hors de tout contrôle avant de l'ouvrir enfin à la terreur : voilà que vous réalisez.

Déjà le monde se gondole et se tord et chavire, le chemin se fait gouffre, le paysage abîme, et s'accrochant aux branches qui ne retiennent plus rien chacun anticipe d'une nanoseconde le moment de sa chute. Mais c'est le monde qui tombe, à la renverse, dans le hurlement de colère ou de rire, on ne saura jamais, de l'immense animal des cavernes, celui-là qui soulève le chemin, s'arrache à la terre pour se redresser et s'ébrouer et balayer toute la misère humaine de son innocent coup de rein, lui qui ne s'ébroue que rarement, et jamais le bon jour, et jamais quand on prétend prévoir son réveil.

PREMIÈRE PARTIE

1

L'ÉCRAN SE DÉCHIRE

Ont-ils connu un instant comparable, Yves et Marie-Claude Laporte, le jour où ils ont découvert que leur second fils était sourd, découvert que la surdité logeait donc chez eux depuis la naissance de Julien, des mois plus tôt, qu'à leur insu elle avait creusé ses galeries, miné toutes les apparences parmi lesquelles ils continuaient d'avancer en confiance, voilà le plancher qui s'effondre ? À l'aube d'un été grec et moqueur, ont-ils partagé ce moment aussi bref qu'inoubliable où les visages s'arrachent pour tendre à l'hilarité du cubisme, ont-ils éprouvé cette seconde que l'on pourrait dire de jouissance aveugle, lorsqu'elle annonce le surgissement d'un événement tragique excédant toute réalité prévisible, avant même de comprendre que leur existence s'en trouvait subitement renversée du tout au tout, à leurs yeux du moins, arrière toute ?

Voilà qu'à l'orée de cette nouvelle histoire la question me taraude, qui me retient d'y plonger, d'imaginer plus avant. Au point de renoncer ? Assurément non : rien ne pourrait m'empêcher de raconter l'histoire familiale de Julien Laporte, puisque j'ai décidé de l'appeler ainsi, Julien, après que son modèle m'a formellement interdit de le nommer ou de le rendre identifiable. Non. Pas davantage que cette sentence injuste qui m'entraîne au détour de la fiction, l'interrogation dont je parle ne saurait enrayer ma volonté d'en déployer les enjeux ; la vie de Julien Laporte exige d'être racontée, parce qu'elle est symptomatique, non seulement de l'histoire terrible des sourds au XXe siècle, le pire de tous, mais plus encore de la folie ordinaire des hommes, de leur capacité à désintégrer l'humain, à maudire le vif du vivant, serait-ce avec les meilleures intentions du monde, serait-ce au nom de l'amour des autres ou, en l'occurrence, de l'amour d'un fils. Entendants ou sourds, sourds ou entendants, depuis le temps que les pères décrètent la guerre au prétexte de protéger l'avenir de leurs enfants sacro-saints, depuis le temps que ces derniers en deviennent aussitôt les victimes expiatoires, filles et garçons jetés pêle-mêle sous les bombes au pavé de l'enfer !

Cette question que d'aucuns seront tentés de renvoyer à l'obscure préhistoire de mon récit, cette question prend cependant la dimension d'un spectre qui hante mes brouillons, les couvre de grisaille de n'être pas résolue. C'est qu'elle excède tous les protagonistes du drame dès ses prémices. Qu'elle m'excède à mon tour, à dire vrai, alors même qu'elle conditionne les choix qu'il me faut faire en amont de mon geste, quand je pressens qu'elle nous concerne tous, dans nos rapports aux autres ou plus exactement dans notre rapport à l'autre, celui qui se révèle identique et cependant différent, irréductiblement, nul n'en saura jamais rien qui ne l'est pas, de ce que c'est que d'être sourd.

Et me voilà comme entravé de points d'interrogation, aux poignets, aux chevilles, depuis que j'ai égaré le cahier rouge et toutes les notes limpides qu'il recélait, incapable de reprendre le récit sans me cogner en bout de chaîne sur la même question dont je comprends bien, pourtant, qu'elle est vouée à rester sans réponse, de se jouer trop loin en amont, de se perdre dans les sables de l'origine, puisque ce devait être en 1962 ou 1963 que d'un instant à l'autre les parents de Julien ont basculé en surdité, il avait à peine plus d'un an. Basculé, certainement le mot s'impose. Mais pour autant… Comment savoir ce qu'ils ont vécu, Yves et Marie-Claude Laporte, ce jour où, avant même de le comprendre, ils ont réalisé que leur second fils était sourd ?

Sourd ? Se sont-ils regardés à se noyer dans les yeux l'un de l'autre, à l'unisson d'une stupéfaction partagée, dans toute la fleur encore de leur jeunesse, rendus muets par cette révélation qui éclairait subitement tant de phénomènes incompréhensibles ? Julien, sourd ? Ça alors ! Ils n'y avaient jamais songé.

Et pourquoi y auraient-ils songé ? Ils ignoraient tout de la surdité, et même après avoir interrogé leurs oncles ou tantes et de fil en aiguille tous les survivants de la génération précédente ils n'ont trouvé aucune trace d'aucun sourd dans leurs familles respectives. Ils n'avaient d'ailleurs et tout bonnement jamais rencontré une personne qui le soit, sourde, et voilà que leur fils, là, chez eux, dans leur belle maison de maître arrangée avec tant de goût, leur fils, le fruit de leurs entrailles comme l'on dit si vulgairement dans les familles bourgeoises, leur fils… *sourd* ?! Vous n'avez pas plus tôt murmuré une chose pareille que tout devient clair, toutes les difficultés, les incompréhensions face à ce bébé aux colères déconcertantes, tout devient clair, c'est-à-dire : tout sombre dans la nuit, c'est inouï. Le temps d'un éclair, vous avez eu le destin au bout du fil, le destin en personne, ligne directe, c'est lui qui vous appelle, cherche à vous joindre, vous désigne, oui, une affaire qui vous concerne tous les deux, mais, mais... quelle confusion, raccrochez, c'est une erreur !

Toute la suite en dépend, de ce qui a pu se nouer ou se dénouer en eux, à cet instant, du moins je l'éprouve, à vouloir raconter. Autant que celle de leur fils rebelle, cette histoire est en effet la leur, dévastée par la surdité ou plus exactement par l'obstination d'un père à vouloir réparer cette inadmissible erreur de la loterie génétique : une absurdité, assurément. Comment diable admettre au miroir, admettre que lui, Yves Laporte, ancien héros de la Résistance marqué par la chance, self-made-man avantageusement marié à une jeune femme des classes supérieures, comment admettre qu'il ait pu générer un enfant non conforme à l'idéal de sa réussite sociale, un enfant mal défini, handicapé pour parler clairement et sans parabole, un enfant mal conçu peut-être et pour tout dire du fond de sa pensée humiliée ? Comment l'admettre sans aussitôt se persuader qu'un nouveau rôle lui était échu avec cet enfant, une mission, celle de remédier coûte que coûte à l'affreux lapsus du destin ? Lapsus, ou coquille comme l'on dit depuis toujours dans son métier d'imprimeur, honteuse faute de frappe au beau milieu de la page de garde du grand livre de l'avenir patrimonial qu'il s'agissait de corriger sur épreuves afin de rectifier le caractère erroné, c'est-à-dire, de ramener ce fils indéfini dans une forme de normalité avant l'âge adulte. Oui, ce serait sa mission, désormais : il obtiendrait réparation, il s'y engagerait tout entier comme il l'avait toujours fait aux moments décisifs de son existence, il rattraperait le coup, en somme, quoi qu'il lui en coûte en temps et en argent... Cet état d'esprit d'un père convaincu d'agir pour un bien, je peux vous en parler, je n'ai là-dessus aucun doute. Sinon que je reste tétanisé devant cette question où s'origine l'histoire, qui en devient un point de fuite, mais un point de fuite à haut risque, un point de fuite menaçant d'aspirer tous les mots que je pose sur la page au lieu de leur donner l'asile d'une perspective, depuis que j'ai égaré le cahier rouge dans lequel j'avais écrit l'été dernier un début qui m'enchantait, en toute innocence.

Et quel début, cependant, j'en suis malade… Du vrai cinéma, pour le coup ! On s'y croyait, on le voyait, Julien Laporte, son pas vif, ses deux mains traçant les phrases dans le bleu du ciel, on le voyait marcher en famille sur une petite route de campagne et discuter en langue des signes, répondant aux questions bienveillantes de sa femme, aux questions survoltées de sa fille adolescente, racontant enfin ce qu'il n'avait jamais évoqué, ou si peu, cette enfance qu'il a tout fait pour oublier… On le voyait raconter, mais par bribes uniquement, le devinant de moins en moins loquace à l'approche du petit raidillon, celui-là même que Julien a si souvent gravi à pied ou à vélo, enfant, en haut duquel il sait bien qu'apparaîtra la grille du parc, au-delà du petit bois, et comme cela le rend fragile, à sentir ses épaules s'arrondir et son cœur battre la chamade, assiégé de souvenirs bourdonnants, plus agressifs les uns que les autres…

La chamade, il ne s'y attendait pas, à l'évidence. Quelle surprise, il l'éprouve dans ses jambes, à précipiter le pas, étrangement désarmé, exactement comme le petit garçon sourd et perdu d'autrefois l'était en permanence. Il croyait le passé fossilisé au fond de son cœur, et le voilà qui bouge, là-dedans, qui cogne à lui rompre les côtes... Il a suffi qu'au sortir de la petite gare du village ils passent devant l'ancienne épicerie dont il ne reste que le fronton aux couleurs passées, rue de l'Église, pour que les souvenirs déboulent en crue, emportant les digues... La boulangerie, il y arrivait à peu près, deux baguettes, un pain de trois cents, s'il vous plaît, et puis l'on pouvait montrer du doigt. Mais l'épicerie, ce cauchemar ! Sa hantise... On l'y envoyait acheter le beurre, le lait, qu'il apprenne, disait son père, il faudra bien qu'il apprenne à se débrouiller, dans la vie, il faut qu'il articule ! Alors on l'expédiait, comme à plaisir, chercher du café, du sel, et toutes ces choses d'aussi mauvais augure que du thym, du sucre, du laurier, y a-t-il rien de pire au monde que les noms en r ? Du poivre ! S'il est un mot impossible à prononcer... le poivre... et aucun sachet en vue sur les étagères qu'il aurait pu désigner par-delà le comptoir. Il était revenu sans, ce jour-là, il s'en souvient encore. Il avait fini par accepter des poires, qu'au moins la grosse mère Fontaine arrête de se pencher à en tomber du comptoir, rapprochant encore son visage difforme à chacune de ses tentatives, son haleine de grosse baleine échouée, ses traits tirés par l'incompréhension tandis qu'elle hurlait à faire siffler les appareils de Julien, je ne te comprends pas mon garçon, tu veux des poires c'est ça ? alors il répétait en se bouchant le nez, il répétait de plus en plus mal, il sentait sa langue foutre le camp, en avant, sur le côté... S'il s'en souvient, de cette sensation, une otarie dans la bouche, une otarie mal dressée qui renvoyait toujours la balle de travers, fiasco assuré.

Il essayait pourtant, il s'appliquait, et c'est bien ça le plus terrible, à s'en souvenir, de revoir le bon garçon si docile qu'il a été, croyant qu'il en allait de sa faute lorsque l'épicière lui tendait ce qu'il n'avait pas demandé, lorsqu'il fallait recommencer, tâcher de faire mieux, de ne pas avaler les syllabes malgré les signes d'impatience des clients suivants. Les rictus hypocrites de la mère Fontaine et l'ombre de son dégoût viscéral sous ses dehors aimables, dès que Julien passait la porte... Il n'aurait jamais dit cela, à l'époque, il n'aurait jamais nommé le dégoût, mais il le percevait, confusément, dans le brouillard d'une sorte de panique qu'au bout du compte l'épicière et lui partageaient absolument, qu'ils nourrissaient l'un l'autre jusqu'au dernier degré de l'absurde. Il aurait pourtant suffi qu'elle lui tende un stylo, un papier ! Mais la vérité, il ne le réalise qu'aujourd'hui, à marcher remâchant la scène, la vérité c'est que la mère Fontaine était terrorisée, dès qu'il passait la porte, paniquée à l'idée de ne rien comprendre et plus encore de n'être pas à la hauteur de la confiance que lui témoignaient M. et Mme Laporte en envoyant leur gamin tout seul chez elle, la peur de ne pas savoir mettre en œuvre d'autres stratégies pour faire face au petit demeuré des Laporte, un gamin si bien tenu, pourtant, mais c'est qu'ils s'en donnent pour leur fils, les pauvres, vous savez, un sacerdoce, vous pouvez dire qu'ils regardent pas au temps et à la dépense, si c'est pas malheureux, des gens si aimables, si gentils ! Parce qu'elle n'en démordra jamais, la mère Fontaine, quoi qu'on dise, ce serait arrivé chez les Blanquart, toujours à boire et vivre au crochet des autres, il faut voir leur ribambelle de gamins déguenillés quand ils viennent chercher des litres et encore des litres et ils voudraient qu'on leur laisse à crédit, ce serait arrivé chez ces dégénérés, ce ne serait pas une surprise, mais chez les Laporte ! La plus belle maison des alentours ! Tout de même, la

Providence a de ces mystères, c'est pas récompenser le mérite…

Depuis la rue de l'Église, il a beau s'ébrouer pour s'en libérer, c'est comme s'il le voyait, là, quelques mètres devant lui, marchant seul, évidemment, le petit garçon sourd, perdu et solitaire, toujours bien habillé, bien coiffé, les deux appareils bien calés sur ses oreilles, mais seul, isolé de tout et de tous… À l'écart, habitant l'écart, même à la maison, malgré sa petite sœur Françoise, malgré sa mère dont il convoque le souvenir pour essayer d'attendrir sa mémoire… L'amour et la patience de sa mère lui faisant répéter chaque soir les mêmes mots après elle qui les articulait en détachant soigneusement les syllabes sur ses lèvres peintes, py-ja-ma, dor-mir, Ju-lien, maman, no-tre pè-re qui ê-tes z'aux cieux… sa mère… tout son amour, sa tendresse blessée, ce dévouement sans limite… Il n'en restait pas moins confiné dans une camisole du silence, à l'écart des conversations sérieuses mais plus encore des bavardages familiaux, de tous ces mots qu'on échange sans y penser, d'une pièce à l'autre, qui font la trame du quotidien, qui informent chacun sous leur apparente banalité, offrent une forme à la vie commune. Comme le jour, il avait douze ans pourtant, où il n'avait appris qu'au moment de monter en voiture qu'ils partaient enterrer la tante Odile dont la mort brutale avait bouleversé Yves, des années qu'il sermonnait ses propres parents, le laxisme incurable dont ils faisaient preuve avec cette petite sœur tardive proclamée princesse dès ses premiers babils, jamais ils n'auraient dû la laisser agir à sa guise, allez vous étonner qu'une fille tourne mal quand on lui passe tout depuis l'enfance... Dans l'émotion générale personne n'avait pensé à l'apprendre à Julien, déjà qu'il était si difficile d'en parler à table sans déchirer le voile pudique des secrets de famille, un suicide sans doute, il a cru le deviner au fil des années, ou une histoire de drogue peut-être... et voilà qu'en montant en voiture, il demande joyeusement s'il y aura la tante Odile chez les grands-parents... son frère aîné tordu de rire, plus nerveux que méchant, sans doute, Xavier aussi l'aimait bien, la jolie tante Odile, la plus jeune sœur d'Yves qui jouait de la guitare, qui avait voyagé jusqu'en Afghanistan, elle avait pris le temps d'expliquer à Julien, un jour, dépliant une immense carte du monde... Alors le pire, évidemment... Le pire, là encore, à s'en souvenir, le pire c'est la honte qu'il en concevait, dans ces moments-là, cette rougeur qui lui flambait le visage à l'instant de comprendre enfin, jusqu'aux oreilles qui vous tirent les flammes au plafond, la honte d'avoir vécu en ignorant la mort de sa tante, de ne s'être pas interrogé plus avant sur la tête d'endeuillés qu'ils faisaient tous, depuis trois jours, la honte de ne s'intéresser qu'à lui, à son chat Camomille...

Camomille ! Des années qu'il n'y avait pas repensé ! Ni à rien de tout cela, sa préhistoire, aussi sombre et hostile qu'une grotte de Lascaux ou d'ailleurs, c'est tout noir là-dedans... Quand il avait voulu une mobylette, lui, deux ans après son frère... Tu ne peux pas, tu es sourd ! Une mobylette, ou prendre le train pour partir seul à Lille, ou sortir le soir, ou rêver de devenir aviateur, tu ne peux pas... Tu ne peux pas, tu es sourd, le refrain de son enfance... Il n'en revient pas que ça lui revienne ainsi, que tout lui revienne en boomerang, sur la route de la maison. Un revenant, voilà ce qu'il est, ce qu'il ressent, s'il n'y pense pas autrement qu'en images... Un revenant qui se heurte aux fantômes de l'enfance, au sien propre, en chemin vers la maison... et dans quels lieux retourne-t-on, quand les morts n'y sont plus ? Sa mère...

Jamais il n'aurait imaginé que ce soit si difficile, de revenir, s'en revenir, si longtemps après. S'il était seul, peut-être, s'il n'y avait pas sa femme, leur amie Monique, qui est entendante mais qui signe parfaitement, et surtout sa fille, Sophie, qui l'agace à surjouer l'adolescente exaltée en le mitraillant de questions, le pas dansant les yeux en oriflammes… S'il avait du moins la capacité de dissimuler son trouble, de préserver son masque de grande personne face à sa fille, de ne rien montrer de cette insupportable fragilité qu'il éprouve, qui lui tire tous les traits du visage comme un masque de plâtre se lézarde et s'effiloche aux entournures. Le seul fait d'y penser augmente encore son trouble, mieux vaut presser le pas à l'avant du groupe plutôt que de risquer de perdre la face, qu'elles se débrouillent… Qu'Hélène réponde à leur fille !

Sans ajouter un signe il agrippe ostensiblement ses mains à la bandoulière de son sac, bien résolu à ne plus les laisser rien commenter avant d'arriver au niveau de la croix de Saint-Jean, là-haut – mais cela aussi, c'est tellement étonnant, que ce nom, ce nom pour lequel il ne dispose d'aucun signe… Est-ce que ce n'est pas incroyable, qu'il se souvienne de ce nom ressurgi d'il ne sait quelle boîte de Pandore qu'il est donc en train d'ouvrir, cette folie, c'est Hélène qui l'aura voulu... lui-même, c'est simple, il ne voulait rien savoir, et de Dieu comme il avait raison parce que, voilà, il marche sur la route de l'enfance et tout de même c'est incroyable, qu'il se souvienne de ce nom et de tous les noms d'ailleurs, et même de celui des Ruhault, la ferme des Ruhault, le grand bâtiment ocre, là-haut... Ils avaient encore un cheval, à l'époque, les vieux Ruhault, un gros percheron gris. Avant qu'il y songe ses mains se dégagent et l'emportent à nouveau qui désignent le pré, signifient le passé d'un geste par-delà l'épaule avant d'y placer alertes le cheval, énorme, il s'appelait Vaurien, même ce nom-là lui revient, Vaurien, que c'est drôle, à la volée il épelle de ses doigts dans l'alphabet signé, explique le jeu de mots que ça nous fait en français, Vau-rien, le pauvre, pas loin de vingt ans et toujours à trimer ! Ça le fait encore rire, comme à sept ans, quand l'orthophoniste était parvenu à lui expliquer le comique de ce nom, et tant pis s'il est le seul à en rire alors qu'ils repartent, s'engagent enfin dans le tournant, à cent mètres à peine de la grille du parc familial que Julien pointe bientôt du doigt après avoir tapé l'épaule de sa fille, qu'elle s'arrête, face au vallon, c'est là, regarde...

Elle regarde, et comment ! La maison, Julien, la maison, ses yeux valsent, des éclairs... Là, vraiment ?! Elle saute en l'air, oui, elle applaudit avant d'agiter les deux mains bouche ouverte, les doigts écartés les joues gonflées, wouah !, adoptant cette façon de signer des ados qui agace tant son père, certains jours, la ba-ra-que !.... Tu parles d'une maison d'enfance ! Les teufs qu'on pourrait faire là-dedans ! La voilà qui trépigne, on y va, qu'est-ce qu'on attend ?! C'est qu'elle ne se rend pas compte du tout, Sophie... Elle qui a grandi dans la langue des signes, elle n'a pas la moindre idée de ce que représentaient les séances d'orthophonie pour un petit garçon oralisé dans les années 1960, l'horrible guide-langue que M. Thibault lui enfournait dans la bouche pour lui apprendre la mécanique des sons, la litanie des sons absurdes à reproduire des heures et des heures, avez-vous bien répété vos exercices phonatoires, Julien ?.... Elle ne mesure pas le sentiment de faiblesse qui étreint son père désemparé, ce père qu'elle croit toujours si fort et sûr de lui... Son père... qui est ailleurs, subitement, qui glisse comme un petit enfant dans une faille très profonde, qui ne sait pas, ne sait plus, est-ce que c'est lui qui a dégoupillé le passé, ou le passé qui le dégoupille, les bras lui en tombent ?

Oui, on le voyait, Julien, dans le cahier rouge. On le voyait découvrant abruptement un sentiment auquel il n'aurait pas donné le nom de nostalgie, cette douleur du retour impossible, mais qu'il incarnait, il suffisait de le suivre pour l'éprouver avec lui sans avoir besoin d'arracher tant de mots au dictionnaire. Mais le cahier rouge a disparu, je l'ai perdu, égaré Dieu sait où, et l'innocence aussi. Quant à le refaire, mon début de rêve… Dès que j'approche de mes pages pour me lancer à l'assaut de l'histoire la même question rejaillit et m'aveugle à la façon des projecteurs qui vous collent au mur, dans les prisons de cinéma. Alors autant l'avouer d'emblée : j'ignore tout de ce qu'Yves et Marie-Claude Laporte ont éprouvé ce jour-là où ils ont découvert que la surdité logeait chez eux depuis des mois, passager clandestin qui squattait les soutes du navire familial, attendait son heure, y sapait patiemment la charpente sans que nul ne s'en soit rendu compte avant que le pont tout entier s'effondre dans cette étrange déflagration inaudible d'une syllabe brève comme un coup d'arquebuse : sourd. Un instant, à peine. Des électrodes d'ordinaire soigneusement isolées se touchent ; un arc de lumière se lève dans la chambre noire de l'être, une image s'y inscrit, indélébile.

Je l'ignore, et n'en saurai jamais rien sauf à l'imaginer, moi qui sais seulement que la surdité de Julien n'a été dépistée que plusieurs mois après son premier anniversaire, qui ne sais pas même si ses parents l'ont appris ensemble ou séparément. Tous deux étaient morts depuis des années lorsque j'ai eu vent de l'histoire de leur fils, au cours des ateliers en langue des signes que j'ai animés, l'année 2008, au sein de l'International Visual Theater, à Paris, afin d'aboutir à une pièce de théâtre bilingue qui a été créée depuis, *Héritages*. Et qui donc pourrait prétendre m'en dire plus ? Ni celui que je nomme Julien, ni son frère ni sa sœur n'en savent davantage. Qu'elle précède ou non le tragique, la jouissance est toujours de l'ordre du secret, de toute façon, cantonnée dans la chambre noire en chacun, là où se révèlent les images qu'ensuite on sélectionne pour les exposer ou non dans le grand album des souvenirs dignes d'être partagés. La jouissance n'en est pas moins au comble de la banalité. Mais comment la dire, l'approcher, celle-là si particulière ? En tâchant de démêler la pelote d'instants comparables, qu'on a pu connaître, peut-être. En partant de sa propre histoire, en somme. Qui sait, d'ailleurs, si ce n'est pas aussi la vôtre, ou peu s'en faut ? Essayons, alors, calme et droit, droit devant...

*

Voilà. On dirait que vous avez un peu plus de trente ans. Vous avez deux enfants, un garçon de quatre ans, une petite fille de neuf mois. Malgré les difficultés financières, malgré les nuits déchiquetées par les pleurs et l'incapacité à y remédier, malgré la colère qui peut vous prendre, certains jours, de réaliser que vous ne vous appartenez plus, les quatre années précédentes ont été colorées par l'émerveillement de l'enfance et de son entrée dans le langage – ce que j'écris en rectifiant aussitôt cette formule toute faite, car je ne sais pas qui acquiert l'autre, dans la phase que l'on dit d'acquisition du langage, quand c'est ce dernier qui environne et envahit tous les enfants quoi qu'ils en veuillent, d'ordinaire, dès la naissance.

Vous habitez dans le fin fond du 15e arrondissement de Paris un appartement très sombre, tout en longueur, au deuxième étage de l'un de ces immeubles noirs qui bordent l'ancienne voie de chemin de fer de la petite ceinture et qui, autour de la place Ballard riche en marchands de vin, abritèrent longtemps les employés des usines Citroën toutes proches. Vous y manquez cruellement de lumière. La porte d'entrée donne sur un couloir dépourvu de fenêtres, d'autant plus étroit qu'il est envahi de bibliothèques et des piles de livres qui n'y trouvent plus leur place ; il distribue sur la gauche quatre pièces, en enfilade, toutes donnant sur une cour intérieure écrasée par les six étages des immeubles voisins : la petite cuisine aux angles brisés et à la vitre cathédrale, la salle de séjour qui vous sert également de bureau et où, en plein été, un mince rayon de soleil vient caresser l'angle de la fenêtre aux alentours de midi, puis deux chambres perpétuellement sombres que sépare un étroit boyau aménagé en salle d'eau. Partout ailleurs, mais là ? Jamais vous n'auriez imaginé que là, précisément, dans l'encadrement si familier de la porte de la salle de bains, là où vous passez sans jamais rien voir, en automate, au rythme de vos vies bien réglées, là où vous ne vous arrêtez jamais, là où il n'y a jamais eu de téléphone, que là, précisément, un matin qui ressemble à tous les matins, vous allez recevoir un coup de fil improbable, inouï mais très audible, un coup de fil du destin, vous aussi.

C'est un week-end, sans doute, puisque votre petite fille n'est pas à la crèche. Vous êtes penché sur elle, que sa mère adossée à la bibliothèque vient de poser un instant sur le sol du couloir au sortir de la salle de bains, entre vous, sous la lumière électrique dont ne protège aucun abat-jour. Assise dans sa barboteuse à fleurs, elle vous regarde lui tendre un jouet, avec ses yeux irradiants que vous aimez tant voir rieurs, quand le vacarme d'une chute dans le salon, où son grand frère vaque seul à ses jeux, vous fait tourner la tête vers l'entrée, dans le même temps que sa mère. L'enfant ne réagit qu'une seconde plus tard, suivant vos regards plus qu'elle ne les accompagne. Toujours accroupi à ses côtés, mais relevant les yeux, vous sentez éclore en vous une fleur d'inquiétude qui aura grandi à votre insu, depuis des semaines, des mois peut-être, dont vous ne savez rien encore lorsqu'elle exige de percer le barrage de vos dents : parfois je me demande si elle entend.

Votre fille, sourde ? Ça alors ! Vous n'y avez jamais pensé, vous l'avez dit sans en rien mesurer, mais dans les yeux de sa mère qui n'y avait jamais songé non plus vous réalisez la portée de votre question, et recevez l'évidence pour réponse : en boomerang.

Autour de vous, autour de vos regards stupéfaits d'être à ce point rivés l'un à l'autre dans un seul mouvement de vrille, c'est une sorte d'ouragan tellement rapide et fulgurant qu'il soulève l'air et tous les objets et les bibliothèques et les murs eux-mêmes un temps infinitésimal, un cyclone dont l'œil est celui de l'enfant, imperturbable et insondable à vos pieds, mais un cyclone qui n'emporte que les âmes puisque les objets et les murs, l'instant d'après, ont retrouvé exactement leur place, comme si rien ne s'était passé.

Rien ne s'est passé, sinon le tourbillon arrachant vos visages pour les tendre à la dévastation hilare du cubisme une seconde et peut-être moins encore, mais à jamais, arrachant vos masques de grande personne, peut-être, de ceux qu'impose l'existence à l'âge adulte, quand on tâche de faire "bonne figure" face aux enfants, persuadés qu'il faut leur montrer toujours que l'on maîtrise, que tout va bien.

Dans le sourire subitement déformé l'un de l'autre, vous lisez l'illisible, et sa vérité pourtant, cette évidence incrustée au négatif de vos vies. Quelque chose vous arrive, dans ce couloir, sous la lampe électrique, vous arrive à vous, personnellement, vous désigne, quelque chose qui n'est pas ordinaire du tout, quelque chose vous arrive qui réalise subitement la somme des petits étonnements accumulés au long des mois précédents, des bizarreries non élucidées, à peine relevées, aussitôt chassées, du comportement parfois décalé, déroutant de l'enfant, de ses vocalises différentes, de la difficulté de l'apaiser de mots ou de chansons.

Rien ne s'est passé, sinon une révolution. Vous êtes peut-être le seul à le savoir, mais vous ne pouvez l'ignorer : si le monde, le couloir, la bibliothèque semblent intacts, à leur place, c'est qu'ils ont fait un tour complet sur eux-mêmes – un doute vous vient quant aux livres, d'ailleurs : ne dirait-on pas qu'ils ont *changé de sens* ?

*

Sans doute préférerait-on oublier, rétrospectivement. Oublier cet instant d'ivresse, oublier avoir jamais reçu du destin en personne un bouquet si enivrant de fleurs qu'on devine bien vénéneuses, pourtant. Mais vous pouvez toujours essayer, de l'oublier ; un jour ou l'autre et sans prévenir son souvenir rejaillira au présent le plus présent, à la façon des plus vieilles hontes, comme une vérité qui ne se laisse pas enfouir au-delà de la zone d'ignorance où on la relègue. On peut toujours décréter qu'on oublie, on n'oubliera jamais tout à fait avoir pris ce décret-là.

Yves et Marie-Claude Laporte aussi, toutes les projections qu'ils avaient pu faire sans même s'en rendre compte, à leur insu ! Quand il sera grand… étudiant… père à son tour… quand il se mettra au piano… toutes ces petites projections que l'on multiplie inconsciemment, laissant les pensées se colorer d'avenir sans les arrêter ni s'y arrêter, en s'offrant sans y songer de fugaces mais si plaisantes expéditions dans un futur sucré comme une pomme d'amour. Eux aussi, sans doute, les parents de Julien, n'en ont pris la mesure que le jour de cette découverte renversante : l'avenir serait donc tout autre que ce qu'inconsciemment ils imaginaient, ce qu'ils n'avaient même pas eu besoin d'imaginer, à dire vrai, tant c'était l'évidence ; l'enfant qu'ils projetaient dans mille situations ordinaires ne les connaîtra jamais, en tout cas jamais sous la forme qu'ils leur prêtaient, il ne sera jamais celui qu'ils avaient cru qu'il serait, le pianiste, le conquérant, le joyeux drille, il n'aura donc jamais été celui qu'ils pensaient qu'il était, et eux non plus, autant dire, ne sont pas du tout ce qu'ils pensaient qu'ils étaient ? Ça alors ! Au grand cinématographe de la vie rêvée, voilà que l'écran lui-même se déchire, et quel étrange animal que celui-ci d'une espèce méconnue qui pulvérise le cadre de l'existence et s'invite au spectacle en renversant toutes les certitudes comme autant de chaises ou de dominos.

Toujours, le tragique déboule à notre insu pour lacérer d'un seul geste éblouissant les voiles que nous tissons au quotidien des pensées mécaniques, au rouet des phrases, au fil des mots, celles que nous tramons à même nos vies, le voile de l'illusion mais aussi bien celui du savoir. C'est là sa jouissance : l'instant tragique est une révélation, toutes les certitudes quant à l'avenir et donc au passé qui y aura mené explosent dans une lumière insolite, fixant à jamais la scène sur la pellicule de la mémoire sensible – tant il est vrai que ces instants nous restent comme des photographies qui, pour n'avoir jamais été prises, s'impriment en nous au point de nous sembler bien plus vraies qu'aucune autre dans l'album sagement hiérarchisé de nos vies.

Surgit une autre vérité du monde et de vous-même qui vient bousculer toutes celles que vous teniez pour acquises sans y songer jamais, et vous voilà décollé de vos habitudes, de vos identités, dans un extraordinaire et puissant mouvement de libération qui vous projette en apesanteur, un instant qui précède celui où vous perdez pied, littéralement désolé.

*

J'ai envie de vous rassurer, cependant, dans l'arc du temps. À l'instant tragique, ce hiatus, succède la continuité de la vie, qui reprend aussitôt son cours et ses prérogatives : celle d'être une implacable course aux échéances, mais celle, aussi, de nous renvoyer à l'amour dont elle est le fruit.

Alors que je viens de passer le nez à la porte de la chambre de ma fille, seize ans après avoir vécu comme un tremblement de terre la découverte de sa surdité, elle m'accorde d'un éclat de rire le droit d'évoquer la chance dans ce livre dont elle partage l'existence. Ce n'est pas seulement qu'elle m'a tant appris de la langue et du verbe, de la force d'être aussi. C'est plutôt cela : si la théière posée devant moi était la lampe d'Aladin, si le bon génie en sortait comme les poissons dansent sur l'eau pour m'offrir la réalisation d'un vœu, ce dernier ne serait assurément pas "qu'on me la change", ça non alors, pas plus qu'aucun de mes enfants je ne la voudrais en rien autrement qu'elle est, profondément. Parce qu'à la vérité, et c'est bien plus bête encore à dire qu'une lampe d'Aladin, c'est tout simplement que je l'aime. Son rire et sa présence, sa soif d'amour et sa puissance de vie, la douce plénitude, parfois, de nos échanges, instants qui fulgurent au cœur et doivent autant aux regards et aux gestes qu'aux mots, quand nos pauvres mots à tous sont plus souvent des cailloux qu'on se lance au visage que des pierres précieuses transmises comme les très anciens talismans qu'ils peuvent être, pourtant. C'est aussi avec les mains, c'est aussi avec les yeux, qu'on peut tenter d'apprendre, peut-être, à parler l'amour.

Julien Laporte, quelle force d'être, lui aussi ! Comme il a appris à se tenir vent debout, dans la vie, les deux pieds solidement campés sur la terre ! S'il revient de loin, cependant… On ne peut que le constater, à visionner les films Super-8 grésillant de tristesse, à feuilleter les albums de famille embués de nostalgie pour y chercher sa tête d'enfant sage et perdu... On ne peut que le constater, sans vouloir pour autant dresser d'Yves Laporte un portrait aussi véhément que celui que véhiculent les sourds lorsqu'ils évoquent cette histoire. Force est de reconnaître que le père de Julien y tient le mauvais rôle. Mais si nos histoires divergent, je sais bien, néanmoins, que des ressemblances persistent dessous le masque de grande personne qui fut le sien, une grande personne sûre d'elle-même et de son autorité, prisonnière de sa passion pour la réussite, la sienne et celle de ses enfants qu'il vouait à l'admiration plutôt qu'à l'amour ; oui, je sais qu'il existe de nombreux croisements, dans nos histoires comme au nœud de toutes les histoires, et je sais aussi à quel point les voies de la transmission peuvent être mystérieuses. La force d'être et la capacité d'aimer... Existe-t-il une seule chose plus importante à tenter de transmettre avec la vie, cette chance qu'est la vie et qui exige de l'être, transmise ?

Me voilà rendu à mon point de départ, peut-être. Sinon qu'une réponse s'est imposée, en chemin : non, Yves Laporte n'a pas vécu l'annonce de la surdité de son fils comme je l'avais d'abord imaginé. Sans doute même a-t-il opposé le déni le plus ferme à l'apparition de l'évidence, si confiant dans la solidité de la réalité qu'il arpentait, le fruit de ses nombreux combats. Et peut-être est-ce précisément là que se situe le nœud de l'histoire que je veux raconter : dans cette incapacité à admettre ou même éprouver sa fragilité d'être humain tellement précaire, dans sa propension à s'aveugler face au surgissement d'une réalité différente de celle qu'il avait imaginée, à laquelle il tenait tant qu'il n'a jamais voulu en démordre, prétendant plier les faits à sa volonté plutôt que de renoncer à sa représentation de lui-même et du monde. Un monde sourd à l'intelligence du cœur : un monde absurde.

2

UNE PRÉHISTOIRE BALZACIENNE

Ce devait donc être début 1963, un jour qu'Yves Laporte rentrait d'une tournée de prospection commerciale dans le monde de la vente par correspondance, cet eldorado du catalogue imprimé. Julien avait un peu plus d'un an, son frère aîné, Xavier, allait sur ses quatre ans, et c'était un tel plaisir, le soir, de le voir accourir sur ses petites jambes qui tricotaient l'impatience dès qu'il entendait la voiture de son père rouler sur le gravier, criant papa !

La famille ne disposait pas encore de la caméra Super-8 dont les quelques bobines conservées ont fait mon bonheur, quarante-cinq ans plus tard, quand Françoise, la sœur de Julien, m'a projeté ces bribes tremblantes de mémoire familiale, mais les albums de photos qu'elle m'a laissé feuilleter à ma guise regorgent de clichés de cette époque. Ils se raréfient par la suite ; il s'en trouve moins de Julien au même âge et très peu de Françoise, la petite dernière, de quatre ans plus jeune, un accident sans doute, mais il semble courant d'assister, dans les familles, à cette décrue de la pulsion photographique au fil des naissances ou des voyages. Ce qui est sûr, c'est qu'à la manière peut-être d'une sorte de rituel, plusieurs séries témoignent joyeusement de la façon dont Yves Laporte, rentrant de l'imprimerie, pouvait s'arrêter avant même d'enlever son chapeau et son pardessus beige, laisser Xavier courir vers lui, l'attraper au vol, l'embrasser, tournoyant sur lui-même dans les rires clairs de l'enfant.

Est-ce la grand-mère maternelle qui déclenche l'appareil photographique ? Ce n'est pas Marie-Claude, pas toujours en tout cas, puisque l'on devine parfois Julien dans les bras de sa mère qui sourit du spectacle, en retrait, heureuse de l'émerveillement de son mari enfin devenu père. Il était temps que Xavier sorte de la petite enfance, qui n'a guère passionné Yves Laporte, pas plus que ne l'intéresse vraiment Julien encore dans les langes et qui lui semble, comment dire, tellement plus effacé ? Pour l'heure, le principal mérite que son père lui concède est d'avoir fait ses nuits dès le retour de la maternité sans qu'il ait à intervenir. Il s'y était pourtant préparé, et comment, au souvenir pénible de la première année de Xavier, Marie-Claude si agaçante certaines nuits de se lever comme un automate aux moindres cris alors qu'ils auraient dû laisser le bébé pleurer une bonne fois pour toutes, d'emblée, il l'a toujours dit, mais quand il est passé à l'acte, imposant enfin sa volonté, il était trop tard, à croire que les mauvais plis étaient définitifs... Il a eu beau tonner, l'enfant n'en finissait plus de pleurer et Marie-Claude, assise dans leur lit le regard paniqué, de s'accrocher à ses draps comme une naufragée dans la lumière théâtrale de l'abat-jour... Il avait eu la faiblesse de céder, au bout de deux heures, aussitôt excédé de voir sa femme se précipiter pour le prendre, le bercer, Xavier, qui était là tout hoquetant à baver, trempé de larmes, menaçant de s'étrangler de pleurs, au bord de vomir, une fois changé il avait terminé la nuit dans leur lit, Yves tourné contre le mur, impossible de se rendormir. Un souvenir pénible, l'ombre d'une défaite pour lui, sans doute, une dose de mauvaise conscience pour elle... Mais il se rattrape, Yves. Comme il s'en occupe, depuis que Xavier a passé les trois ans, jouant volontiers, et même à la bagarre, aux petites voitures, il lui en rapporte de nouvelles à chaque voyage d'affaires, exclusivement des Dinky Toys, avec une prédilection marquée pour les Citroën, voitures et camionnettes bariolées de publicité d'artisans. Autant il s'est peu intéressé aux progrès de la petite enfance, autant il s'émerveille de voir son fils aîné affirmer sa volonté dans le langage avec une fraîcheur réjouissante et une élégance de vocabulaire héritée de sa mère, il en est fier, Yves Laporte, qui certains jours se rend bien compte, dans le regard des amies de sa femme, qu'il a gardé de malencontreuses traces de son accent populaire.

Son fils aura bientôt l'âge de l'accompagner une journée à l'imprimerie, il leur arrive d'en discuter, à table, Xavier si sérieux sous le regard attendri de Marie-Claude, ce petit d'homme relançant le désir paternel pour accuser la différence avec son bébé de frère ; qu'il en soit ou non conscient, c'est aux yeux de l'enfant une promesse importante dont il réclame régulièrement l'exécution, fasciné de longue date par les lettrines, les cabochons qu'Yves lui rapporte afin d'alimenter sa collection, mais aussi les minces blocs de plomb sur lesquels son nom s'écrit à l'envers, etropaL reivaX ; c'est en times romain qu'il préfère le retrouver à l'endroit, Xavier Laporte, après avoir appliqué la barrette sur le tampon encreur pour le reproduire à sa guise sur les cahiers, les livres, et même, une fois, à la fureur de sa mère, les murs du couloir, une petite pyramide dont la pointe était en corps 6 et le socle en corps 14, qui provoquait, à hauteur d'enfant, un fascinant effet d'éloignement ou de surgissement de son propre nom sur la peinture blanche...

Xavier Laporte

Xavier Laporte

Xavier Laporte

Xavier Laporte

Xavier Laporte

L'anecdote continuait de ravir son père, des années après, qui la racontait encore et toujours aux dîners de famille malgré l'agacement de Xavier adolescent, et j'imagine qu'à l'époque un sourire indulgent lui venait au visage lorsqu'il y songeait, au volant de sa voiture, se promettant de consacrer du temps à l'enfant, ce jour-là où il emmènera Xavier, de le guider dans le labyrinthe des machines, de lui expliquer le fonctionnement des presses offset feuille à feuille et la stupéfiante rapidité de leur mécanisme d'impression à plat, ces nouvelles bécanes installées six ans plus tôt qui vous impriment tous les cahiers couleur d'un magazine à plus de mille exemplaires par heure, tout part aussitôt à la brocheuse dans l'odeur enivrante de l'encre. Il le voit d'ici, Xavier, découvrant ce qui relève du métier depuis des siècles, s'exerçant au toucher dans la réserve à papiers, des plus ordinaires aux plus précieux, épaté de découvrir la casse avec ses milliers de lettres de tous les formats, et aussi les nouvelles linotypes si spectaculaires par la vitesse qu'elles permettent d'atteindre dans la composition au plomb. Et les ouvriers, bien sûr, qui soulèvent leur casquette au passage du patron, qu'il est tous capable de nommer sans la moindre erreur, jamais, même le prénom des enfants pour la plupart.

Y songer redouble le plaisir du chemin parcouru depuis le quartier ouvrier de son enfance, lorsqu'il conduit sa toute nouvelle DS noire sur les petites routes de l'Audomarois qu'il connaît par cœur. Sa DS... Il ne se lasse pas d'apprécier la docilité du volant dont il flatte l'unique branche, testant parfois la précision de la direction assistée d'un écart rapide sur une route isolée à seule fin de vérifier à nouveau, et avec quel bonheur, ce que les concessionnaires Citroën répètent à satiété, en ces années troublées par l'OAS, à savoir que de Gaulle doit sa survie miraculeuse, lors de l'attentat du Petit Clamart, autant à la technologie de la DS qu'à la dextérité de son chauffeur. Et cette sensation de moelleux pneumatique dans laquelle il s'enfonce, lorsqu'il rétrograde d'une légère poussée sur le levier de vitesse placé au-dessus du volant, de sorte qu'un seul doigt y suffit, pour dépasser une Dauphine ou une 4 CV cahotante et la regarder disparaître dans le rétroviseur aussi vite qu'on avale une gorgée de porto !

Ce temps de trajet entre l'imprimerie et la maison, à plus de vingt kilomètres de Saint-Omer, lui est d'autant plus agréable qu'il lui laisse le loisir de s'offrir régulièrement ce genre de petit voyage en avenir, comme il les appelle lui-même lorsqu'il raconte combien ça l'aidait à tenir, dans la Résistance, de s'imaginer fêté, à la Libération… Se délasser en s'autorisant un petit voyage en avenir, cela signifie laisser ses pensées dériver à leur guise jusqu'à se projeter trois ou quinze ans plus loin pour se retourner et jouir par avance des succès qui l'attendent d'ici là, en prélever quelques gorgées de miel à crédit, en somme, le crédit qu'il s'accorde, qui semble illimité, en ce temps plein de vigueur où Julien est encore un petit bébé certes un peu éteint mais normal assurément, il n'y pense pas si souvent, moins souvent qu'aux deux rotatives Somagra pour lesquelles il a fait agrandir l'aile gauche de l'imprimerie, qui devraient être opérationnelles fin 1963, destinées à asseoir définitivement son statut de première entreprise du secteur dans la région, à inquiéter même les mastodontes de la banlieue lilloise, sinon les Belges.

Que de changements dans la vieille imprimerie, depuis la fin de la guerre, dix-huit ans plus tôt, alors qu'il était un jeune bachelier, fils d'ouvrier embauché comme correcteur à l'imprimerie Legrand, n'ayant pour lui que son intelligence, sa force de travail et l'héroïsme indéniable dont il avait fait preuve dans la Résistance. Il était entré à l'imprimerie presque au bas de l'échelle, fin 1945, ne disposant d'aucune qualification technique dans ce monde très hiérarchisé où les protes et les typographes prétendent à une véritable noblesse ouvrière. Il disposait par contre d'un statut très particulier de s'être trouvé par le hasard des ramifications et des arrestations l'un des chefs du réseau auquel Bernard Legrand, l'imprimeur, avait souvent prêté main-forte. Un réseau d'enseignants communistes, au départ, qui avait subi deux saignées terribles lors de la grande grève des mineurs de l'automne 1941, avant de se fondre dans le réseau Sylvestre Farmer créé en 1942 par Michaël Trotobas, un vrai héros pour le coup, dont le portrait est accroché au mur du bureau, à l'imprimerie, *in memoriam*, cela aussi il pourra le montrer à Xavier, lui raconter…

Souvent à deux doigts de l'être mais jamais arrêté lui-même, protégé peut-être par l'innocence de la jeunesse, il avait traversé sans peur ces années noires, sinon quelques violentes poussées d'adrénaline qu'il aurait aussi bien pu regretter ne plus éprouver s'il avait été porté à la nostalgie. À la vérité, à lire les quelques pages manuscrites qu'il a laissées en guise de souvenirs de guerre, et malgré leur platitude, il semble qu'il les a même traversées avec une certaine ivresse, ces années de clandestinité : l'ivresse de vivre une vie d'aventurier dès qu'il avait été contraint de disparaître, au lendemain du bac, en juillet 1943, peu après l'explosion du viaduc ferroviaire des

Fontinettes et l'arrestation de Vanhesse, le prof de sport du lycée ; l'ivresse de vivre à vingt ans une vie de hors-la-loi mais un hors-la-loi digne des plus beaux romans d'aventures, assuré d'être du bon côté de l'histoire, du côté de la liberté et de la morale lorsqu'il déjouait la police française, changeant régulièrement d'identité, s'inventant des vies qu'il s'agissait de savoir par cœur, habitant une nouvelle adresse tous les deux jours dans toute la région et jusqu'à Monceaux-les-Mines, il en gardait des souvenirs émus, de Monceaux-les-Mines, où Yvonne Delcroix rabattait les portraits de son jeune mari parti au STO avant de l'initier à l'amour, sorcière ou magicienne, il s'était demandé, certains matins, tant ça relevait du sortilège, à en oublier la proximité de la mort, à en devenir jaloux.

Legrand aussi avait eu l'occasion de jauger Laporte, ces années-là, quand il passait sans prévenir à l'imprimerie, uniquement dans les cas d'urgence. Sang-froid, précision, organisation impeccable – et puis, ce garçon était né sous le signe de la chance. Si Legrand n'avait pas raconté cette histoire mille fois depuis qu'il l'avait embauché il ne l'avait jamais racontée : pensez, un type capable de rater son train le jour où ce n'était pas son contact lillois qui l'attendait, rue de la Monnaie, mais la Gestapo !

Ce passé glorieux explique pour une bonne part que tout soit allé si vite, après-guerre. Rapidement nommé contremaître, puis chef d'atelier, Yves Laporte était devenu l'adjoint du patron dès 1952, et dès lors l'un des familiers de sa maison, où Legrand continuait de chanter ses louanges, non seulement ce type a la chance avec lui, mais, ce qui est plus rare encore, il en a conscience, il sait en jouer, et parfois il mise gros. Il faut le voir, à l'imprimerie, vous embobiner les durs de la CGT, il faut le voir oscillant entre persuasion et coup de gueule, lâchant du lest ou changeant de cap juste au moment où on ne l'attend pas, le bon moment. C'est grâce à lui que Legrand & fils a été la seule imprimerie de labeur de toute la région à ne pas débrayer, durant les grandes grèves commanditées par la CGT du Livre en juin 1953, ce bond qu'ont fait les cahiers de commandes !

Cinq ans plus tard, Laporte épousait la fille cadette du patron, Marie-Claude Legrand, vingt-deux ans à peine, resplendissante, pimpante et même un peu piquante, il semble, sur les quelques photos qui suivent les fiançailles, aussi à l'aise en tenue de tennis que sur le perron de la faculté des lettres de Lille, où elle se préparait à une profession d'enseignant qu'elle espérait bien n'avoir jamais à pratiquer. Et comme elle paraît nimbée de lumière sous son fichu éclatant de couleurs lorsqu'elle s'assoit, mutine, sur l'aile avant gauche de la première voiture de son fiancé. À dire vrai, l'évolution de la jeune femme paraît si rapide qu'elle en devient déconcertante, lorsqu'on est condamné à la reconstituer à partir des photographies noir et blanc qui vous font des bonds d'une ou de deux saisons laissées sans trace aucune, dans les albums. Quelle différence, entre les photos de la mariée dominant toute l'assemblée de l'éclat de sa joie et celle de la jeune mère de deux enfants, quatre ans plus tard… Avant même de basculer en surdité, durant ces mois qui séparent la naissance de Julien du diagnostic porté par le docteur Watrin, le visage parfois fatigué mais toujours si jolie dans ses robes à fleurs du début des années 1960, elle semble déjà un peu lointaine, comme diaphane, puisque je passe aux aveux : c'est le triste mot que j'ai écrit sur mon carnet, feuilletant les albums. À l'exception des vacances à Ostende ou dans les Pyrénées, elle est toujours photographiée dans le parc et dans la maison où elle s'occupe des deux enfants, le centre de son monde, à elle, et en tout cas c'est ce que prétendent affirmer ces clichés de l'époque, sur lesquels je ne peux m'empêcher cependant de lui trouver ce je ne sais quoi un peu lisse des jeunes épousées devenues mères aussitôt, qui peinent à réaliser – c'était donc cela, la vraie vie tant attendue – cela, pour toujours, désormais ?

Cela, dont Marie-Claude n'a certes pas à se plaindre, mais qui lui semble aussi insaisissable qu'un rêve, cette impression qu'elle a d'arpenter un monde parallèle à sa volonté, un monde filandreux, où tout s'atténue sans cesse, comme amorti par on ne sait quelle matière impalpable, un monde moins réel en tout cas que les histoires réalistes qu'elle lit dans les romans de Mauriac, de Hougron, de Van der Meersch, le grand écrivain du Nord qu'a bien connu l'un de ses oncles. Ce n'est certes pas un mauvais rêve, ou désagréable, elle dispose avant l'heure de tout le confort mécanique des années 1960, on peut même parler de luxe, vu le personnel embauché pour l'aider à tenir la maison, les enfants, mais enfin... Certains jours elle se demande... en tout cas, je ne peux m'empêcher de me le demander pour elle, tant la succession de ses photos m'y entraîne...

est-elle vouée à ne vivre que par procuration les conquêtes flamboyantes de son mari ? Ce mari remarquable et aimant, auquel elle n'a rien à reprocher, qu'elle est fière et heureuse de voir jouer avec Xavier ou de se pencher sur Julien, mais qui se révèle si volontariste au-dehors. Est-ce qu'il ne l'a pas conquise, elle aussi, et plutôt facilement, au bout du compte, quand bien même elle a quelque peu résisté comme les romans lui en avaient donné le goût ? Elle, la fille du patron qui n'aura donc été qu'une étape dans un rêve de conquête qui l'englobe, puisqu'il semble bien avoir porté son ambition et son imagination beaucoup plus loin, depuis qu'il l'a installée dans cette maison magnifique mais isolée, qu'il ne paraît jamais malheureux de quitter le matin, obnubilé par son destin de grand capitaine d'industrie portant haut le flambeau de l'imprimerie familiale sur les océans de magazines à venir.

Ce n'est pas qu'elle ait matière à se plaindre ; vivre à la campagne, c'était son désir, et encore aujourd'hui il suffit qu'elle exprime un souhait pour que, sans jamais montrer qu'il y songeait, l'objet apparaisse un matin. Non, elle n'a pas à se plaindre, assurément non. Mais le sentiment de rester au bord du chemin de la vie, dans elle ne sait quelle ornière, quand bien même il ne tiendrait sans doute qu'à elle… mais le sentiment, oui, qu'on lit dans ses yeux, sur plusieurs photographies, de se débattre dans une sorte de ouate, une ouate étrange d'être impalpable et si lourde, pourtant, si lourde…

Est-ce que toujours dans les couples surgit, au bout de quelques années de vie commune, un moment où s'affaiblit la puissance d'attraction du “nous” des amoureux, où chacun retrouve son quant-à-soi autour des enfants, chacun d'un côté de la route, reliés seulement par leurs mains à eux ? Est-ce que toujours surgit ce sentiment d'une répartition redoutable et arbitraire de la chance et des puissances ? Un sentiment, non pas de jalousie, mais de partage des eaux, ou que sais-je encore d'un brin superstitieux qui peut vous amener à cette question vertigineuse : les succès de l'un empiètent-ils au capital vital de l'autre ? Vous n'avez pas plus tôt pensé une chose aussi diabolique que tout devient extrêmement difficile, et d'abord de se réjouir des avancées d'un mari qui sont aussi les vôtres, c'est un fait, la présence du jeune jardinier bêchant sous ses fenêtres l'illustre, et les rires de Xavier jouant dans la salle de jeux avec

Marie, la jeune bonne bretonne, et l'admiration envieuse de certaines amies d'enfance moins bien mariées. Tout de même… mais elle se lève enfin, Marie-Claude, il faut qu'elle agisse, qu'elle réagisse, qu'elle s'arrache à cette poix, et ses yeux font un drôle de mouvement en ellipse qui boucle ses rêveries avant de la ramener vers la photo des enfants, sur la cheminée, tandis qu'elle prolonge son regard d'un curieux geste de la main, comme pour s'excuser peut-être, ce n'est rien, elle est là, elle va être là de nouveau, tout de suite, aller voir si Julien s'est réveillé, c'est drôle, comme il peut rester dans son lit à attendre sans rien demander, Julien…

Elle comprend bien qu'Yves éprouve moins qu'elle le besoin de lire des romans, mais regrette qu'il soit capable d'en parler avec un zeste de mépris et cet accent un peu vulgaire qui lui revient, parfois, et qu'elle n'aime pas, quand il plaisante ainsi, oublieux de l'époque où il semblait emporté par l'enthousiasme qu'elle exprimait, lui parlant de *La maison dans la dune*, ah oui alors il fallait qu'il lise ça, les trafiquants de tabac, la frontière belge… Il est vrai qu'il a tant à lire, Yves, sans même parler des magazines qu'il imprime, des revues techniques, des essais, des biographies, aussi, dont il raffole, voilà des livres qui ont vraiment du sens, un début et une fin, une fin glorieuse dont le volume que vous tenez entre les mains est la preuve vivante, puisqu'un type a passé des années à reconstituer la vie d'un autre qui au départ n'avait rien de plus que le lecteur. De toute façon, des romans, des fictions, il en avait d'autant moins besoin qu'il se les fabriquait lui-même, au fond, à s'offrir régulièrement ses petits tours dans l'avenir radieux, comme ça, au volant de sa DS noire, projetant façon technicolor ce qu'il allait devenir, ce que ses enfants marchant sur ses brisées deviendraient à leur tour. Vous pouvez dire qu'il aimait ça, vous pouvez même dire qu'il adorait ça, débrider son imagination pour produire ces petits films défilant inlassablement en surexposition de la route dont il connaissait le moindre virage, et parfois dans ces projections très privées il faisait visiter l'imprimerie à ses deux enfants, mais le plus souvent la caméra focalisait sur son fils aîné. Il avait six, ou sept ans, sa mère lui avait mis son blazer bleu marine qui avait grandi avec lui, même l'écusson anglais, Xavier s'agrippait à la main de son père, essayant en vain de lui arracher des explications dans le vacarme de l'industrie, buvant le spectacle grandiose des rotatives de tous ses yeux, les cahiers qui tombent, à la fin de la chaîne, déjà pliés par les grands bras mécaniques cisaillant l'air à toute allure, prêts pour partir à la brocheuse, et ce n'est qu'en arrivant dans les bureaux modernisés eux aussi que Xavier parvenait enfin à faire entendre sa stupéfaction sous le regard évidemment humide de la secrétaire de direction en jupe noire et talons, et tout ça est à nous ?! Alors en surexposition de la route son père terriblement ému et fier se penchait sans négliger pour autant la présence d'Annette, la secrétaire, pour lui répondre, oui, mais il ne faut jamais oublier que c'est le fruit d'un travail incessant, et une telle responsabilité, tous ces ouvriers, d'excellents ouvriers, qui nous font confiance et dépendent de l'intelligence de nos choix, de nos capacités d'anticipation sur l'évolution du marché, les nouvelles techniques... et comme l'on confie un secret à un petit garçon qui s'en est décidément montré digne, il l'emmenait de nouveau dans l'atelier de composition, il lui détaillait l'amélioration qu'il avait apportée à l'une des linotypes, une Mergenthaler de 1958 à laquelle il avait adjoint une pédale latérale. Une simple pédale, mais une vraie trouvaille d'inventeur, qui permettait, tous les linotypistes de l'entreprise en convenaient, de gagner cinq minutes à la page grâce à l'ingénieux dispositif d'enroulement des lignes qu'elle commandait sous le clavier – il avait déposé un brevet, deux ans plus tôt ; aucun concurrent n'avait encore copié son procédé, mais il était prêt à en faire le pari, d'ici le début du siècle prochain, toute l'industrie de la composition au plomb l'aura adopté, même les plus rétrogrades, et Dieu sait qu'on en rencontre, dans cette industrie.

Parce qu'il était inventeur, Yves Laporte, dévoré comme tant d'autres de son siècle par le démon de la trouvaille de génie, des brevets, des concours Lépine… Et c'est bien le drame, quand sa fascination pour Alexander Graham Bell et ses théories s'enracine dans cette passion commune, dans l'admiration qu'il éprouvait pour celui qui, à ses yeux, est toujours resté d'abord et avant tout le génial inventeur du téléphone, avant d'être le héros que l'on verra du combat pour l'éradication de la surdité, faudrait-il en finir avec les sourds eux-mêmes pour y parvenir. La vie de Julien n'aurait sans doute pas été la même, sinon. Mystère des causes et des effets… Vous inventeriez une donnée pareille dans un roman qui ne s'inspirerait ni de loin ni de près d'événements survenus dans la vie réelle, le lecteur protesterait, l'auteur se moque du monde, j'arrête là… Et pourtant ! Qui sait comment Yves Laporte aurait réagi à l'annonce de la surdité de Julien s'il n'avait pas eu aussitôt le réflexe de consulter l'imposante documentation accumulée au long des années sur l'inventeur du téléphone ? Je ne le sais pas, et personne ne peut l'imaginer. Yves Laporte n'était de toute façon pas du genre à s'avouer désarmé, devant quelque situation, quelque coup du sort que ce soit. Sa capacité à penser vite et droit ne pouvait que lui rappeler immédiatement des références, des souvenirs de lectures, des idées à adopter avant de prendre les bonnes décisions, et de s'y tenir. Et il se trouve, malheureusement, que ces idées lui sont venues de Bell, l'un de ses grands hommes, et il se trouve surtout que, l'admiration aidant, il n'en a plus jamais voulu démordre. C'est qu'il se souvenait, pour s'en être étonné à chaque fois bien qu'il ne se soit jamais intéressé plus avant à la question, que Bell avait été professeur d'enfants sourds. Le prototype du téléphone avait émergé de cette vie-là, alors qu'il réfléchissait à la manière d'amplifier considérablement le son à destination des sourds, et donc à l'hypothèse des tout premiers appareils auditifs. Alors, en sortant de l'hôpital où les derniers tests étaient formels, il se trouvait père d'un enfant sourd, Yves s'était jeté sur la vie de Bell et ses écrits avec un point de vue tout neuf : en voilà un qui avait su faire de la surdité sa chance, qui avait su la saisir. Un modèle, décidément.

Mais pour l'heure, Edward Graham Bell n'était qu'un inventeur au nom prédestiné. Un autodidacte, un entrepreneur de génie, et comment, il fallait voir les photos de l'immeuble de la Bell Company, à Montréal, un petit gratte-ciel dont l'entrée tout en marbre mène au pied de la statue du fondateur. La famille Bell, devenue l'une des plus puissantes et des plus riches d'Amérique du Nord, en quelques décennies à peine ! Un jour, ses enfants aussi tireraient les fruits de ses inventions, lui rendraient hommage, il en était convaincu, il avait encore quelques belles idées en réserve, du côté de l'imprimerie. Ses fils auraient cette chance, en tout cas, être initiés au secret de la direction d'entreprise, au maniement du capital, cette chance qu'il n'avait pas eue, lui, qui n'était l'héritier que d'une misère remontant à la nuit des générations et dont il avait le premier, et le seul de sa famille ouvrière, réussi à s'extirper, et c'est sans doute ce qui donnait à ces saynètes leur délicieux petit parfum de revanche. Parti de rien qu'il était ! Il avait mené la barque à l'instinct, sachant utiliser les réseaux issus de la Résistance sans jamais barguigner quant au statut de certains notables dont il savait pertinemment qu'ils n'avaient rejoint les FFI qu'à l'arrivée des premiers chars alliés. Mais il fallait les voir, dès lors, qui ne lui refusaient rien en retour, à lui, l'ancien correcteur qui aurait pu contester le brevet de Résistance que tel député gaulliste ou tel patron de journal local revendiquaient haut et fort !

Il avait su moderniser l'entreprise encore modeste pour partir à la conquête de la presse magazine en plein essor, et ce n'était rien par rapport à ce que promettait la publicité, l'industrie du prospectus, en ce début des années 1960, pour sûr il serait imbattable là-dessus, sans abandonner encore les faire-part sur vélin d'Arches, les programmes ou les affiches des anciens clients grâce auxquels son beau-père avait vécu très confortablement, mais c'était une autre époque, une autre économie. L'imprimerie avait tant changé, depuis neuf ans qu'il était associé à la direction. Quand il était entré chez Legrand, en 1945, le chiffre d'affaires était avant tout constitué par les coupons de la mairie, les programmes du théâtre ou du cinéma, les bulletins paroissiaux, quelques brochures commerciales, les mariages, les enterrements... Ce n'était plus l'imprimerie de Balzac, mais on n'en était pas si loin, à dire vrai, et d'ailleurs on pratiquait encore, pour les faire-part ou les affichettes, la composition à la main qui a valu aux compositeurs leur surnom de "singe", "à cause du continuel exercice que font ces messieurs pour attraper les lettres dans les cent cinquante petites cases où elles sont contenues".

Et comme il était loin, en revanche, de la cité du Vauxhall de son enfance ; loin de la misère, de la vie découpée en coupons d'alimentation qui avait été la sienne à l'âge affamé du lycée, de la promiscuité dans les trois pièces où ils tenaient à cinq et il fallait pourtant réviser, les hurlements des voisins comme si vous y étiez, des heures passées à tambouriner rageusement sur la porte de la salle d'eau où ses sœurs s'enfermaient l'une après l'autre, il finissait par aller pisser dans la cour collective, au milieu d'un embarras de ferraille, brouettes, vieux vélos désossés, allez réviser le bachot dans ces conditions !

Loin de cette vie des quartiers ouvriers dont il avait extirpé ses parents, installés désormais dans un des pavillons tout neufs qui poussaient à la périphérie des villes, modeste mais confortable et propre en tout cas, où il pouvait leur rendre visite à la nouvelle année, emmener ses enfants sans avoir l'impression d'un retour à la misère. Du Vauxhall ne lui restaient que les liens de confiance maintenus avec quelques-uns des anciens camarades de la Résistance, ceux qu'il avait promus chefs d'atelier et qui disposaient de ce rare privilège, à l'imprimerie, de le tutoyer, ceux qui lui étaient attachés comme l'huître au rocher, dont il était le grand homme, une réussite incarnée.

3

SURGIT L'INOUÏE

OUI, JE GAGE qu'Yves Laporte se délectait souvent du chemin parcouru, sur la route de la maison, au début 1963. Et d'autant plus après une journée passée à prospecter, pour peu que le parcours ait été plus long qu'à l'accoutumée, comme ce jour si fructueux où il revenait de Roubaix, plutôt une réussite jusque-là, il en a oublié la scène pénible qui a eu lieu le matin même, avec Marie-Claude, au point de ne pas même y repenser en découvrant une voiture étrangère garée devant le perron. Une Mercedes. Dire qu'il a hésité, failli acheter la même, la 300D. Une voiture de grands bourgeois, avec ses grosses ailes arrondies, comme des bajoues… Mais il a fait le bon choix. Rien de mieux que sa DS. Ne pas être trop ostentatoire, privilégier le progrès technique, l'innovation flamboyante, la modernité en un mot ! Et puis, une marque allemande, quel mauvais goût, pour une fois que l'industrie française se trouve à la pointe, que c'est indéniable, il suffit de s'asseoir au volant, sentir la suspension soulever la voiture en douceur, l'évidence même ! N'empêche ; ça le contrarie, cette Mercedes arrêtée précisément à l'endroit où il aime se garer, à gauche du perron. Non pas que la place manque, mais justement, il aurait pu se mettre ailleurs qu'à sa place, celui-là. Ce doit être Watrin, le bas de la caisse croûté de boue à force de courir la campagne en quête de ses malades.

Julien dans les bras, toujours accroché comme le panda à son arbre, ce bébé, Marie-Claude fait une drôle de mine, dans l'entrée. Et puis c'est à croire qu'elle s'en fiche, au fond : avant même de lui donner l'occasion de raconter ce rendez-vous à Roubaix dont il lui parle depuis deux semaines, le marché des catalogues de vente par correspondance qui passent à la couleur, il faut une imprimerie fiable, elle lui explique que Watrin est là, au salon. Il a examiné Julien, cet après-midi, et... Pourquoi, il n'a pourtant pas l'air malade, ce petit bonhomme, qu'est-ce qu'il a encore ? demande Yves en accrochant son pardessus pour se diriger vers le salon sans attendre la réponse, bonjour Docteur ! Quelles sont les nouvelles ? Figurez-vous que je rentre de Roubaix… Il s'arrête. Rien n'est signé encore, mieux vaut rester prudent. Un whisky, peut-être ? Marie-Claude aurait pu penser à vous en proposer un, vous devez être assoiffé ! Alors, qu'est-ce qui vous amène ?

Watrin a un moment d'hésitation. Ce n'est pas seulement que la situation s'annonce délicate, c'est aussi cette façon qu'il a de l'interpeller, Laporte. Depuis le temps qu'ils se connaissent ! Ils ont partagé tant d'événements… Enfin, partagé… C'est cela aussi, peut-être, qui le déstabilise. Force est de reconnaître qu'il l'avait peu ou prou enlevé, Laporte, le canon du revolver dans les reins, un soir, tard, au sortir de l'hôpital, il était interne, pour aller soigner d'urgence ces deux parachutistes anglais – ce qu'il lui avait expliqué en le poussant dans une Traction dont le chauffeur avait démarré sans rien demander pour les déposer en plein bois de Falenchies. Ils avaient traversé un bout de forêt à pied jusqu'à la départementale, de l'autre côté ; une seconde voiture l'y attendait pour l'emmener à destination, des hommes de confiance, lui avait expliqué Laporte, un gamin encore, qui discutait comme si de rien n'était, traçant le chemin de sa lampe tout en posant des questions sur l'hôpital en temps d'occupation, et puis qui l'avait laissé monter dans une vieille Vivaquatre, claquant la portière dans un bruit de ferraille déglinguée, bonne chance, docteur, il paraît que ça roule encore, aussitôt reparti Dieu sait où dans la nuit. Organisation impeccable. Tout ça pour une fracture ouverte, sale histoire, il avait fait comme il avait pu, le type s'en était sorti, caché plusieurs mois, il écrivait chaque nouvelle année, de Newcastle. N'empêche. Il y était allé, il l'avait fait, il avait gardé le silence, il en était fier aujourd'hui, ses enfants aussi qui réclamaient souvent qu'il raconte, ce qu'il faisait volontiers, n'oubliant que le revolver et à quel point ça l'avait fait pester, certains jours, parce qu'une fois que vous avez mis le bras dans un truc pareil, de votre plein gré ou non, ils viennent vous chercher en pleine nuit à la moindre blessure. Non, ce qui le gêne bien plus, à dire vrai… Ce n'est même pas les questions algériennes, ces déclarations totalement iconoclastes qu'il est capable de vous sortir en plein dîner, sans cesse à se monter du col, Laporte, décrétant que de Gaulle a eu raison de soutenir l'indépendance algérienne, qu'après tout les moudjahidines, comme il appelle les fellaghas, sont des résistants exactement comme eux, Staggs, Vanhesse, Laporte, l'ont été, et même lui, Watrin, alors non, docteur, et il le dit comme il le pense, Laporte, non, il n'aimerait assurément pas se trouver dans la peau des officiers français, les occupants, en Algérie, ils ne peuvent pas ignorer, la torture, les corvées de bois, c'est inadmissible en démocratie, on dira ce qu'on voudra, ce n'est pas pour en arriver là qu'il s'est battu, autrefois ! Passe encore, après tout on peut discuter, et c'est vrai, là-dessus Laporte n'a pas tort, la répression sanglante jusqu'à nos portes, à Lille, à Roubaix, ça se paiera tôt ou tard dans nos usines, sous sa rudesse il a du bon sens politique. Mais cette façon de l'interpeller, enfin ! Autant il apprécie que le commun des clients l'appellent ainsi, quand il vient les chercher dans la salle d'attente de son cabinet, ou quand il arrive dans les maisons ouvrières à Arc, autant Laporte devrait comprendre que lui donner du docteur à tour de bras trahit son origine sociale, que c'en est gênant, devant Marie-Claude si fragile aujourd'hui, qu'il a connue petite, qui est bouleversée au point décidément de ne rien dire, il faut donc qu'il se lance, excellente idée, ce whisky, merci, Yves, quant à ce qui m'amène… il boit une gorgée, il y va…

C'est Marie-Claude qui lui a demandé de venir. Elle s'inquiète de Julien, ses attitudes, son babil qui s'estompe… Voilà, elle se demande si Julien entend correctement.

Le jour où Marie-Claude ne s'inquiétera pas à la moindre bizarrerie des enfants, je mange mon chapeau ! Yves Laporte suspend son geste, la carafe de cristal au-dessus des verres, regarde sa femme, le sourire bienveillant, en tout cas, tu n'as pas traîné ! Figurez-vous que c'est ce matin, docteur, j'avais oublié… Il recommence à verser le whisky, le bouchon dans la main gauche. Une sorte de lubie, pardon, dit-il, comme s'il s'agissait d'excuser Marie-Claude… réveillée avec cette idée en tête, elle a lu je ne sais quoi, et évidemment elle a trouvé ce qu'elle cherchait pour nourrir ses inquiétudes… Mais il entend très bien, Julien ! Je croyais l'avoir rassurée. Parce que j'ai aussitôt testé, vous pensez. Un livre ! Il suffit de faire tomber un livre derrière lui, je vous assure qu'il se retourne, ce n'est pourtant pas un tel boucan… Et cependant, reprend le médecin à qui Marie-Claude a déjà raconté la scène, elle avait l'air tellement perdue, on ne peut à ce stade être sûr de rien, tout de même, le test que j'ai pratiqué et qui n'a certes qu'une valeur indicative... Allons, vous devez avoir l'habitude, des jeunes parents inquiets pour un rien, non ? Les yeux, les oreilles, la motricité, la tuberculose... D'ailleurs, un test a été fait à la maternité, je m'en souviens, j'y étais ! Julien ne parle pas encore, mais il n'a pas quinze mois. C'est plutôt Xavier qui a parlé très tôt !

Certes, reprend Watrin, il n'est pas rare que des parents inquiets aillent tout droit s'imaginer le pire. Mais on ne peut évacuer la question, et je crains que le contraire soit aussi fréquent. Parfois, et on se demande comme font les parents pour ne pas s'interroger, parfois la surdité n'est pas détectée avant les trois ans de l'enfant. C'est plus fréquent qu'on ne croit, vous savez, d'autant que cette malformation semble totalement imprévisible, lorsqu'elle est congénitale. Un enfant sur mille, d'après les statistiques les plus récentes, et très souvent dans des familles sans antécédents, même s'il demeure des variations régionales qui s'expliquent sans doute par la consanguinité, l'hérédité... Encore l'an dernier, mon collègue Bouin a eu un cas vers Bailleul, dans une ferme. Le gamin avait bientôt quatre ans, il ne parlait pas, évidemment, mais voilà, tout le monde au village le tenait pour un demeuré. Bouin a même soupçonné qu'on le rudoyait un peu, tout apeuré qu'il était, le gamin, redoutant les coups qu'il n'entendrait pas venir... Mais bref, là non plus, il n'y avait pas trace de surdité dans les familles, sinon un très lointain cousin, peut-être, ils ne sont même pas sûrs. Dans ces milieux ! ponctue Laporte en s'asseyant enfin. Reste que c'est mystérieux. *A contrario*, j'ai soigné longtemps des pauvres gens à Arc, une famille de sourds, quatre enfants... eh bien, figurez-vous que le petit dernier est entendant. Allez savoir par quel mystère. Le pire, c'est que le père, qui travaille à la verrerie mais qui a gagné je ne sais combien de médailles dans des compétitions entre sourds, de l'athlétisme, je crois, en est furieux ! Il ne veut pas le savoir, s'obstine à pratiquer la mimique pour lui parler avec des gestes, vous savez, il refuse absolument de l'élever autrement que les autres ! À croire qu'avoir un entendant dans la descendance serait une espèce de déshonneur, dans ces familles où l'on est sourd de génération en génération...

Marie-Claude Laporte écoute son mari décrier cette misère, quatre enfants, quand on est sourd, faut-il être irresponsable ! Et qu'ils ne se réjouissent pas que l'un d'eux échappe à la fatalité, c'est le comble pour le coup. Est-ce qu'on ne devrait pas le leur retirer, celui-là ? Elle reste silencieuse, berçant Julien sur ses genoux, dans la bergère Louis XVI, il faudrait qu'il s'endorme après ce test éprouvant… surtout pour elle… qui aimerait autant ne plus les entendre, ces bavardages, Watrin agaçant de prendre tant de précautions, mais elle veut savoir, intervenir si nécessaire. Il a été très bien, Watrin, il faut reconnaître. Attentif, suffisamment délicat pour ne pas voir les larmes qui lui venaient, au fil de l'examen, et même ce hoquet qui l'a prise, quand le volume sonore qu'y mettait Watrin devenait insupportable, que Julien n'y réagissait toujours pas, pas le moins du monde, pas d'un iota, rien, malgré toute la concentration qu'elle y engageait, elle, au creux du ventre, deux fois précaire, précaire pour elle et pour lui, vas-y Julien, je t'en supplie, réagis… Elle l'a vu, elle, elle y était, derrière son rideau de larmes, tous ses doutes confirmés. Elle ne comprend même pas que Watrin puisse rester aussi prudent, qui est en train d'expliquer pour la troisième fois qu'à cet âge un diagnostic définitif ne peut être établi qu'après des tests en milieu hospitalier, l'enfant endormi, des électrodes… Elle le serre contre elle, Julien, son bébé, voudrait chasser l'image des électrodes qui se superpose… Comment son père peut-il être aveugle à ce point ? Le babil qui se raréfie, aucune syllabe encore, à plus d'un an, ses colères incompréhensibles parfois, et puis cet état d'absence où on le surprend si souvent, à ne rien demander pourtant, attendre dans son lit à barreaux… Évidemment, qu'il se retourne, quand Yves fait tomber une encyclopédie derrière lui ! Le souffle de l'air, et cette acuité visuelle qu'il a, Julien, ses yeux si vifs, qu'il ouvre si grands, il faut bien qu'il compense, puisqu'il n'entend rien, rien, mon Dieu, rien. Est-ce qu'il va falloir qu'elle se batte contre le monde entier, est-ce qu'il va falloir qu'elle devienne la Cassandre de son propre malheur, face aux médecins, face à Yves, face à ses parents, à sa sœur, et déjà tout à l'heure, au téléphone, sa sœur pas loin de botter en touche, comment peux-tu être sûre, attends au moins qu'il y ait eu des examens sérieux avant de t'emballer à pleurer comme ça, si ça se trouve il n'y a rien de grave, moi vraiment je n'ai pas du tout l'impression qu'il soit sourd, ton petit Julien, laisse-lui un peu de temps pour émerger…

Émerger de quoi ? Même Watrin… Le voilà qui évoque à nouveau l'hypothèse de phénomènes psychologiques, d'un trouble bénin dans le développement, ou même d'un simple retard isolé du langage, d'autant que d'évidence Julien n'a aucun problème moteur. Elle sait, désormais je sais qu'elle sait. Elle en a la certitude depuis qu'elle s'est réveillée en sursaut, cette nuit, pour le coup Yves a raison. Il ronflait, doucement. Elle s'est réveillée, sans savoir quoi au juste l'avait sortie du sommeil, devinant la nuit encore opaque derrière les rideaux, s'est demandé quel jour on était, s'il y avait quoi que ce soit de particulier aujourd'hui, s'est retournée dans l'espoir de se rendormir et soudain… Julien, sourd. Les deux mots que lui avait dictés son rêve, elle ne savait plus du tout ni comment ni pourquoi, juste les deux mots ensemble, Julien, sourd. Elle a bondi. Absolument réveillée. Enfilé ses chaussons, sa robe de chambre, dans le noir, comme une voleuse, Yves ne supporte pas, depuis les nuits blanches avec Xavier il ne parvient plus à se rendormir, passé minuit, préfère se lever pour aller travailler dans son bureau. Alors elle a glissé jusqu'au salon, où elle a enfin allumé pour ouvrir le manuel de pédiatrie qu'elle consulte souvent, avec ses entrées, comme un dictionnaire, bain, rubéole, vaccins… Surdité était bien dans l'index. Page 289, 289, 289… Quelques lignes seulement, trois paragraphes, mais des lignes inoubliables. Non pas tant parce que "la surdité est moins rare qu'on le croit chez l'enfant, chez lequel elle a pour première conséquence, même quand elle est partielle, de gêner le développement du langage. Elle peut longtemps rester méconnue, et surgir dans des familles qui n'y semblent nullement prédisposées et l'on peut croire, à tort, à un retard du développement alors que l'intelligence est normale". Non, ce n'étaient pas ces lignes qui avaient été les plus terribles, si elles l'étaient déjà, et Yves maugréant, sans se rendre compte comme il est blessant parfois, cet enfant manque de vivacité, non ?… Non, ce qui était terrible, c'était la description, presque clinique. Le babil qui se raréfie, tend à s'unifier à l'âge où la norme voudrait qu'au contraire il se précise dans une diversité se rapprochant du langage, ou encore ce passage sur l'enfant qui a fait ses nuits très tôt, jamais perturbé par l'extérieur dans son sommeil, sans parler de la prédisposition aux colères de n'être pas compris et de ne pas comprendre… elle reconnaissait tout, Marie-Claude. Elle lisait Julien, résumé en quelques phrases lapidaires du manuel,

Julien qui se débattait et hurlait chaque fois qu'on le changeait jusqu'au jour où Marie, la bonne d'enfant, s'était rendu compte qu'il se laissait faire beaucoup plus calmement si elle le déshabillait devant le miroir, le soulagement que ç'avait été, cette découverte du miroir ! Et encore, dans le manuel, ces mots à trembler de froid, seule dans la nuit, sous la lampe, ces mots, surdité congénitale, le plus souvent profonde... Profonde ? "Au moindre doute, l'enfant doit être montré à des spécialistes qui utiliseront des méthodes de dépistage adaptées à son âge." Elle était restée éveillée, attendant qu'Yves se lève enfin, qu'ils décident d'aller sur-le-champ à l'hôpital, peut-être ? Mais comme il avait accueilli son affreuse découverte, au contraire, refusant d'en partager ne serait-ce que l'hypothèse ! Une lubie ! Une crainte infondée ! Et ce n'était franchement pas le jour, elle savait bien qu'il partait à Roubaix... Allons bon, regarde, et de balancer l'énorme manuel de pédiatrie sur le parquet, derrière Julien aussitôt retourné de frayeur... Heureusement que Watrin trouve les mots pour présenter les choses, elle n'aurait pas la force d'argumenter, ça ne coûte rien, je peux appeler le professeur Sarafian, je le connais un peu, vous auriez un rendez-vous rapidement, de quoi rassurer Marie-Claude... ou réagir... l'éducation des sourds a fait énormément de progrès, vous savez, les nouvelles générations d'appareils, beaucoup moins gros...

Elle regarde l'enfant dont ils parlent comme s'il n'était pas là, se noie dans ses yeux, s'éloignant dans ses propres pensées. Mais ses pensées l'entraînent dans une zone dangereuse, subitement, une plage de souvenirs mouvants, en voilà un qui l'aspire, elle perd pied... Mme Gaillard... Subitement comme une sueur froide elle se souvient, la façon dont sa mère à elle en parlait, de Mme Gaillard, l'effet que ça lui faisait à chaque fois, au point de la gêner, adolescente, la voix de sa mère gorgée d'émotions, ce mélange détonnant d'admiration et d'effroi qu'elle exprimait à parler du dévouement et du courage de Mme Gaillard... quel tourbillon, elle va se sentir mal. Elle n'en parlera pas, pour rien au monde elle ne dirait ce qu'elle pense, là, dans sa bergère, c'est une pensée absurde, elle le sait bien, Julien qu'elle aime, cependant, comme elle l'adore, ce petit bout, Julien au creux de ses bras contre son sein, qui s'endort, ah non, alors, à personne, pas même face à sa propre mère elle n'avancerait une pensée pareille, infiniment coupable...

4

UN VISAGE EN PARAPLUIE

MARIE-CLAUDE n'en a parlé que des années plus tard, du surgissement de Mme Gaillard dans les sables mouvants de sa mémoire. Une confidence étranglée que m'a rapportée Françoise à son tour nimbée d'émotion, une confidence tardive, émise longtemps après la fuite de Julien, longtemps même après la mort d'Yves Laporte, puisque Marie-Claude était malade, déjà, le jour où elle a levé ce curieux secret qui n'en était un que d'avoir été conservé à part elle quarante ans durant.

Françoise était passée voir sa mère à la nuit tombante, comme souvent, juste pour s'assurer que tout allait bien avant que n'arrive la dame de nuit, dans la grande maison mal entretenue, faute de moyens, dont Marie-Claude ne chauffait guère que trois ou quatre pièces, en dehors des vacances ramenant régulièrement les enfants de Xavier et ceux de Françoise, leur paradis, ce grand parc rendu à l'état naturel, rarement entretenu sinon la cabane construite autrefois, avec son système d'échelles de corde et de ponts de lianes rafistolé chaque été par la horde des cousins, et des cousins de cousins.

Restée dans l'obscurité, Marie-Claude était dans sa bergère attitrée, entre les deux grandes fenêtres du salon, juste à côté du petit guéridon Empire sur lequel sa fille a immédiatement identifié les quatre lettres dépliées de Julien et leurs enveloppes, les seules jamais reçues, comprenant du même mouvement que son passage serait moins bref que prévu.

Elle a allumé le grand lustre, l'abat-jour du guéridon, envoyé un SMS à Lucile, suis chez mamie, rentre un peu tard, pas grave, hachis parmentier dans frigo, au four 20', fais tes devoirs, à tout'! Puis elle a tiré une chaise face à sa mère, s'est assise, tu veux un thé, quelque chose ? Mais non, elle ne voulait rien, Marie-Claude, qui s'est contentée de secouer lentement la tête. Françoise aussi est restée silencieuse. Elle a pris les lettres entre ses mains, comme une façon d'entrer en communication, par-delà le silence, le leur, celui de Julien.

Depuis quand n'en avaient-elles pas parlé, de ces lettres terribles d'être restées sans suite ? Des années, peut-être. Bien sûr, elles évoquaient souvent Julien, toutes les deux, mais en passant. Et jamais durant les réunions de famille. Xavier ne supportait pas. C'en était au point que sa présence suffisait depuis longtemps à renvoyer le départ de Julien et donc Julien lui-même au tabou. Xavier refusait de rien savoir d'autre que le déclin tragique de leur père qu'il datait très précisément de la fugue de son frère, quand bien même il n'avait vécu ce départ que par procuration, comme il me l'a longuement expliqué : il était étudiant à Paris, à l'époque, c'était l'âge du groupe, des premières amours… Il avait d'autres choses à vivre que de s'interroger sans fin sur les raisons du coup de folie du petit frère handicapé. Déjà que le monde entier n'avait jamais cessé de tourner autour de lui, durant leur enfance ! Ce ballet d'orthophonistes qui venaient trois fois par semaine à domicile travailler dans la petite salle aménagée pour eux, les rendez-vous incessants de médecin, les progrès de Julien, la fierté de leur père, de toute la maison qui vivait à leur rythme… Comment auraient-ils osé réclamer quoi que ce soit, Françoise et lui, qui avaient tant de chance ? Quand Julien, à force d'effort, passait de classe en classe, quelle excuse aurait eu son frère aîné de n'être pas le meilleur à l'école ? Julien avait une bonne note en rédaction, toute la maison s'illuminait... Xavier, le tableau d'honneur, et l'indifférence qui allait de soi... À le raconter ses lèvres en retrouvent encore aujourd'hui un pli d'amertume. Comme il a pu, enfant, en venir à se détester lui-même, de jalouser Julien qui occupait seul le centre de leur petit monde, de se dire aussitôt qu'il était donc incapable, lui, Xavier, de répondre au devoir moral qui était le sien, aimer son petit frère, lui apporter l'amour que son handicap à lui seul exigeait... Alors, qu'on l'excuse, mais continuer d'interroger leur mauvaise conscience collective, écouter sa sœur lui trouver de soi-disant bonnes raisons quand le seul résultat vraiment tangible de ce désastre, comme il aime à dire, restera que lui, Xavier, n'a hérité que d'une faillite après s'être formé pour prendre la suite de leur père, leur père défait, au tapis, qui s'est laissé manger la laine sur le dos, si c'était pitié de voir ça...

Et puis... qu'en dire, de toute façon ? On ne savait rien. Qu'aurait-elle pu ajouter face à sa mère prostrée, Françoise, qui ne l'avait été mille fois, déjà, quant aux raisons du départ, du silence de son frère ? Les deux femmes en avaient tant parlé, autrefois, quand elle partageait encore la maison devenue trop vaste, ou qu'elle y revenait le week-end, étudiante en sciences sociales, découvrant à son tour l'histoire des sourds, la folle violence qu'elle porte et dont Françoise comprenait peu à peu que les enjeux en sont englués dans l'histoire commune, y retrouvant les questions rémanentes de l'assimilation, de l'intégration, du communautarisme – sinon qu'on pouvait certes parvenir à assimiler les Bretons, à les contraindre, à l'école, à parler français à grands renforts de punitions humiliantes, mais que décidément nul n'était jamais parvenu à assimiler les sourds. Françoise n'avait que quinze ans le jour du départ de Julien, elle l'adorait, elle n'avait pas compris qu'il ne lui ait rien dit, à elle, qu'il ne l'ait pas mise dans le secret, qu'il se soit contenté de laisser sous la porte de sa chambre une histoire dessinée, comme ils disaient tous les deux depuis qu'elle était petite, que Julien lui racontait des histoires en dessin le crayon à la main, il était vraiment doué, à l'époque, elle pensait qu'un jour il en ferait peut-être son métier, ce serait mieux pour lui que la photogravure, elle le lui avait dit, plusieurs fois, en détachant bien les lèvres en face de lui, chaque fois il avait un sourire, un haussement d'épaule, de l'absence.

La dernière de ces histoires dessinées, qu'elle a toujours conservée, celle qu'il avait laissée sous sa porte le jour de son départ, tenait sur trois feuilles, rapidement brossées. En une trentaine de cases, Julien s'était représenté lui-même en train de lire des livres interdits, ceux qu'il avait découverts par hasard tout en haut de la bibliothèque paternelle, inaccessibles aux enfants. Cherchant sans doute autre chose pour satisfaire sa curiosité sexuelle dévorante d'être indicible, il avait trouvé plusieurs ouvrages racontant une histoire dont il ignorait tout, celle de la langue des signes, de l'Institut Saint-Jacques fondé à la fin du XVIIIe siècle par l'abbé de l'Épée, d'où sont sortis tous les sourds illustres du XIXe siècle français, avant que le congrès de Milan ne provoque la mise aux arrêts brutale de la langue des signes, en 1880, et tous les intellectuels sourds avec elle, en interdisant son usage dans les écoles spécialisées. Dès la troisième case, trois points d'interrogation nerveux entourant leurs noms calligraphiés sur le livre que tenait Julien suffisaient à l'exprimer : c'était la première fois qu'il découvrait les noms de Jean Massieu, l'ancien berger devenu le tout premier professeur sourd, de Ferdinand Berthier, le seul sourd à s'être jamais exprimé en signes devant les académies pour défendre l'enseignement bilingue qu'il préconisait, de Laurent Clerc, sourd lui aussi, parti aux États-Unis en 1816 y exporter l'enseignement en langue des signes et y fonder dans le Connecticut ce qui est devenu l'université Gallaudet, où sont formés des milliers d'étudiants sourds, aujourd'hui, aussi bien des enseignants que des médecins ou des avocats. Il avait mis du temps à comprendre ce qu'il lisait, Julien. Avait repris plusieurs fois, pour être sûr de ne s'être pas trompé. Un médecin sourd ?! Ça alors ! C'était donc possible, un sourd qui devient médecin, un avocat sourd qui défend des accusés sourds !?

On voyait Julien s'illuminer de case en case, dans la cabane du jardin où il dévorait ces livres, malgré ses difficultés de lecture que Françoise connaissait bien, on pouvait donc vivre autrement ? Il relevait la tête, rêvant le monde qui s'ouvrait devant lui. Lui, qui se croyait condamné aux métiers manuels, condamné plus précisément à rester toujours l'ouvrier sourd de l'imprimerie familiale dirigée par son père et bientôt son frère aîné, toujours dépendant, et seul, sinon quoi ? Comment pourrait-il être père, lui si fragile, imperméable à la parole d'autrui, si c'était ce qu'il connaissait, être père, ce modèle impossible qu'il avait sous les yeux depuis toujours, cette puissance infaillible, cette solidité de roc, à dix-neuf ans son propre père le terrorisait encore… En haut de la dernière planche, Julien s'enhardissait à lui poser des questions sur Ferdinand Berthier, et d'une case l'autre on voyait le père s'emporter aussitôt, soupçonnant toute la tablée, où donc Julien avait-il bien pu entendre le nom de ce rimailleur, et certainement non, cette littérature de troisième ordre n'était pas pour lui, de quoi lui mettre les idées à l'envers, rien de bon à chercher là-dedans…

C'était quelques mois avant le départ de Julien, qui n'avait pas insisté, ce soir-là, rabroué tout au long du dîner par son père, sentant bien qu'il essuyait les sarcasmes à défaut de les comprendre dès lors que son père ne lui parlait pas en vis-à-vis mais en servant le vin, ou tourné vers les autres, c'est bien la première fois qu'il prétend lire, celui-là, mais il ferait mieux de travailler un peu plus sérieusement à son examen, son dernier bulletin est exécrable, tu as vu sa note en histoire-géographie, Marie-Claude ? Julien n'avait pas insisté, il n'insistait jamais, incapable d'affronter son père, mais Françoise savait qu'il continuait à lire en cachette, dans la cabane. Elle s'était demandé s'il lui fallait faire part de ses observations à sa mère… Julien, si fuyant, étrange même avec elle, ces mois-là… Qui semblait surtout de plus en plus mal à l'aise et fragile face à ce père qu'il avait tant admiré, enfant, ce père sûr de lui et de ses exploits qui continuait de recourir à la démonstration de sa force, à la colère, souvent, parce qu'il voulait faire de Julien un garçon plein de courage et de volonté, il en aurait besoin, on ne serait pas toujours derrière lui. Mais Julien ne se sentait pas plein de courage et de volonté, et il ne se trouvait personne autour de lui pour lui expliquer que c'était bien normal, qu'il s'en trouve de moins en moins pourvu, maintenant qu'il n'était plus le petit garçon si fier de voir un sourire sur le visage paternel lorsqu'il avait correctement prononcé une phrase et le compliment rituel, ah ! il fait décidément des progrès, notre Julien ! Il en manquait cruellement, de courage, il l'éprouvait, surtout pour faire ce qu'on attendait de lui, cet apprentissage des métiers de l'impression qui ne l'intéressait pas, pas plus les cours du LEP avec des élèves incapables de résoudre le moindre problème arithmétique que l'alternance à l'imprimerie, et comment faire, au milieu de tous ces adolescents qui apprenaient à flirter, que ça rendait parfois si méchants entre eux, comment faire pour rencontrer une fille qui n'ait pas à dissimuler sa gêne ou son dégoût dès que Julien prononçait quelques mots du mieux qu'il pouvait, mais avec sa voix de sourd, tordant la bouche comme en orthophonie pour bien détacher les sons face à elle, elle qui n'avait qu'une envie, qu'il s'adresse à quelqu'un d'autre, s'il avait vraiment besoin de parler, c'était trop pénible, cette bouillie de mots, est-ce que ça n'avait pas un côté obscène à l'état pur, ce garçon qui prétendait l'approcher comme ça, mine de rien, je rêve...

Alors il préférait fuir, aux dernières cases de sa lettre dessinée. Il prenait le sac à dos de son frère, pointait le doigt loin devant lui, le visage plein d'espoir tourné vers la lectrice à qui s'adressait l'histoire, sa petite sœur. Il s'en allait trouver d'autres sourds, se libérer, se marier peut-être, puisque dans tous ces livres qu'il avait lus il avait découvert que les sourds se mariaient, parfois, avaient même des enfants pour certains, un jour il reviendrait voir Françoise en secret, c'était écrit.

Le courage de fuir ? La témérité ? Françoise s'était souvent demandé, à part elle, s'il s'agissait de courage, quand il lui avait bien fallu réaliser que la fugue de Julien s'était muée en départ définitif. Elle se le demandait toujours, face à sa mère au regard perdu dans le noir, au-delà de la fenêtre. Elle était bien placée pour savoir que leur père n'aurait jamais supporté de voir Julien évoluer différemment de ce qu'il avait non seulement prévu, mais anticipé par écrit, puisqu'il écrivait depuis des années, leur père, dans son bureau, sur Bell, sur la passion d'inventer, sur la surdité, sur les méthodes oralistes, sur l'évolution de son enfant, sur la nécessité de passer à la vitesse supérieure dans l'éradication de la langue des signes, c'est bien pour ça qu'il avait toute cette documentation dans sa bibliothèque, un jour ou l'autre son manuscrit serait publié. Alors... Surmonter son handicap, partir seul dans un monde inconnu, oui, forcément, c'était courageux... Il s'est sauvé, Julien, littéralement sauvé. Ce qu'elle pense, depuis qu'elle s'est entendue, un jour, en sortant d'une boutique, dire je me sauve... De quoi ? Est-ce qu'on sait bien ce qu'on dit, quand on parle ? Je me sauve… Non, ce n'est pas elle, c'est Julien, qui a eu la force de se sauver. Mais si Julien a eu le courage de fuir, à l'époque, il n'a jamais eu celui de revenir, hélas… Revenir au chevet de sa mère, là, dans ce grand salon où ne se trouvait qu'elle, Françoise, pour lui tenir la main. Julien savait-il seulement que leur père était mort six ans à peine après son départ ?

*

D'autant plus émouvantes d'avoir été amoureusement conservées par la petite sœur, les trois feuilles dessinées portent les mêmes stigmates de la fureur paternelle que la première des quatre lettres de Julien, un mot bref dans lequel il annonçait son départ, le 3 mai 1982, la date est inscrite en haut, à droite, au-dessus de l'adresse encore formaliste, "chers parents, il ne faut pas être fâché contre moi de partir comme un voleur mais c'est trop difficile autrement et ça fait trop mal et puis j'ai beaucoup réfléchi, beaucoup, et je n'ai pas de choix, ici ce n'est plus bon pour mon futur, je ne veux pas travailler à l'imprimerie, tout est fermé pour moi ici".

Si elle s'en souvient, Françoise ! Rentré d'urgence du bureau, leur père l'avait à peine lue qu'il en avait fait une boule, de cette lettre ridicule, l'avait jetée par terre, de rage, avant de se précipiter sur le téléphone, d'appeler la gare, oui, votre garçon, bien sûr monsieur Laporte, je vois bien, oui oui, en effet, ce matin, tôt, par le train de 9 h 22, un billet pour Paris *via* Lille, et bien, on s'est fait la remarque mon collègue et moi, mais... Il éructait, Laporte, mais vous n'avez rien fait, rien dit, c'est ça ? Même pas pensé à me prévenir ? Ça vous semble normal, vous, de laisser un gamin handicapé partir au casse-pipe ? Lançant encore, bande d'incapables ! avant que l'appareil n'atteigne le socle, qu'ils entendent, qu'ils sachent ce qu'il en pensait, comme il le dit à Marie-Claude, se tournant enfin vers elle, aussitôt excédé par ses questions apeurées, ses jérémiades, son visage en parapluie, c'est bien le moment de se lamenter, de plier le pourquoi du comment en quatre, il faut réfléchir, réagir, tu crois que je ne le sais pas, qu'il ne connaît personne à Paris ! Ah ? il veut jouer l'enfant prodigue ! au moins il va apprendre à vivre, il va comprendre, non mais quel petit imbécile... Comment ça, heureusement qu'il a de l'argent ? Quel argent ? Quoi ?

Mais c'est un placement, ce livret d'épargne ! Ce n'est pas à lui, il est bourré à plein, non mais c'est la meilleure celle-là ! Alors ça pour rembourser, il remboursera, il peut se préparer aux corvées !

Il s'en passait le revers de la main sur le front, Yves Laporte. Quel choc. Jamais il n'aurait cru que son fils soit assez stupide pour se mettre en danger, pour mettre en péril tous les efforts entrepris pour lui, et pour tout dire qu'il ait le toupet de lui faire ça, à lui, son père, une fugue, quelle honte, de quoi le mettre hors de lui au point de répéter sans réaliser ce qu'il hurlait à travers les murs, ça, il va m'entendre, quand il rentrera, vous pouvez me croire, il va m'entendre, cette fois !

Trois jours de colère, sans discontinuer, persuadé que Julien allait rentrer la queue basse, comme il disait, sarcastique, prétendant s'en désintéresser, avant d'accuser le coup faute d'assister triomphant au retour attendu. Le pompon, tout de même, ajoutait Françoise, qui en retrouvait l'esquisse d'un sourire, le pompon c'est quand notre père, après avoir mobilisé en vain toutes ses relations parisiennes pour qu'elles se précipitent gare du Nord et alentour chercher son fils errant, un grand garçon tout en muscle, blond, blouson vert, sac à dos beige, une ressemblance, oui, assez vague mais tout de même, s'est décidé à recourir à la police, enfin, à la gendarmerie, le lendemain. Elle en rirait presque, Françoise, vingt-cinq ans plus tard. Une autre époque, pour le coup... Les gendarmes tout péteux devant M. Laporte, mais il est majeur votre fils, s'il a averti de son départ on ne peut pas considérer qu'il a disparu, aucune raison d'ouvrir une enquête, il est libre d'aller où il veut. Il est peut-être majeur, mais je vous dis que c'est un enfant sourd, ça n'a rien à voir ! Sourd ou pas, s'il est majeur il est majeur, monsieur Laporte, c'est la loi... La loi ?! Mais il est en danger ! Vous avez le devoir de le retrouver avant qu'il... tout ce qui peut lui arriver, enfin, vous ne vous rendez pas compte, seul à Paris !? S'il le faut je porte plainte pour vol, vous serez bien obligé de vous bouger... Oui, vol, un livret d'épargne plein à craquer... Évidemment qu'il est à son nom, mais enfin vous comprenez bien que c'est mon argent qui est placé là, vous êtes bouché ou quoi ?

Yves Laporte n'a pas lu la lettre suivante, qui ne lui était pas adressée. Julien avait écrit à sa mère seule, pour la rassurer, trois mois après son départ. Il était à Paris, il allait bien, il avait des amis, mais le ton était vindicatif, il fallait le laisser tranquille. Il était pour ainsi dire en convalescence, encore sonné par ce qu'on lui avait fait subir qui choquait profondément tout son nouvel entourage quand il racontait son enfance. On pouvait lui écrire, mais en poste restante, il ne voulait à aucun prix que son père tente de le localiser, d'entrer en contact, il préférait qu'il n'apprenne même pas que Julien avait donné des nouvelles, il avait sa vie à faire, une vie de sourd fier d'être sourd… La lettre est constellée de larmes. Il restait à Marie-Claude plusieurs marches à gravir, pourtant, sur l'escalier de la vindicte, comme en témoignait la lettre suivante, la plus longue jamais reçue, quatre pages manuscrites, ce qui est considérable si l'on songe aux difficultés qu'éprouvait encore Julien, à l'époque, pour s'exprimer correctement à l'écrit.

C'est cette lettre-là que Françoise relit, dans le grand salon, laissant sa mère à son silence, partageant le souvenir de ces paragraphes où affleurent autant la rancune et l'incompréhension que l'influence du monde des sourds dont Julien n'avait pas encore appris à maîtriser la vision brutale de l'histoire – des paragraphes qui avaient chaviré Marie-Claude au-delà de ce qu'elle se croyait capable d'endurer, elle avait aussitôt débarrassé le salon du portrait de Graham Bell, moins surprise de son audace que de l'absence de réaction d'Yves.

"J'apprends plein de choses sur mon histoire, l'histoire des sourds. À l'école ou à la maison, je n'ai rien appris de cette histoire. Que les guerres et les rois des entendants par cœur et encore par cœur, et jamais on ne dit rien des sourds, et même pas de l'abbé de l'Épée qui était un entendant mais qui comprenait les sourds et qui a créé l'Institut Saint-Jacques où j'ai des amis maintenant ! Mais pour moi l'histoire des sourds elle est plus importante que celle des Gaulois ou de Louis XIV ! Parce qu'avant d'être le fils d'Yves Laporte ou d'être français je suis sourd ! Et tu écris dans tes lettres que papa qui est sévère a quand même énormément de peine parce qu'il m'aime, mais ce n'est pas vrai, il a peut-être de la peine parce que ses plans sont ratés, et il a peut-être de l'amour pour ses enfants, mais il ne supporte pas que l'un de ses fils à lui soit un sourd. C'est juste la honte pour lui. Alors tout ce qu'il a fait avec moi ce n'est pas pour moi, c'est pour arracher le sourd de moi, comme un clou avec une tenaille ! Il voulait me réparer. Mais je ne suis pas une machine ! C'est exactement comme Bell ! Toute mon enfance, on me disait que Bell était un seigneur. Mais pour les sourds, quelqu'un comme Bell, ils le considèrent comme leur ennemi le pire, dans l'histoire ! Bell, c'est comme les nazis, pour nous les sourds, d'ailleurs il a fait des expériences comme eugéniste à la fin de sa vie. Est-ce que tu sais que les nazis aussi ont voulu qu'il n'y a plus de sourds ? Ils ont stérilisé dix-sept mille sourds, et des milliers qui ont été envoyés mourir dans les camps de concentration, sans rien comprendre à rien. Bell c'est pareil que ça, pour les sourds, il parlait du progrès mais lui aussi il voulait qu'il n'y a plus de mariage pour les sourds etc., etc. Et moi je dis que mon père aussi, c'est pareil. Tous, ce qu'ils veulent, c'est faire parler les sourds qui ne peuvent pas ! Parlez ou vous êtes puni, enfermé ! Et j'étais récompensé quand je parlais bien en orthophonie, un bonbon, un jouet, ou quand il était si fier, quand je disais correctement bonjour madame vous allez bien à Mme Watrin, mais il le voyait donc pas, lui, le dégoût qui passait sur le visage de la bonne femme ?! Si j'étais resté à la maison aujourd'hui je suis le pauvre apprenti sourd dans l'imprimerie pour toute ma vie, et c'est fini ma vie. Il me faisait peur pour que je devienne comme les autres et que je parle, mais je ne pouvais pas devenir comme les autres, je suis sourd ! Jamais, je ne veux le revoir. Jamais, jamais, jamais, ou alors je lui crache à la figure, et à ses complices aussi, je m'en fiche qu'il soit un héros de la Résistance, c'est un ennemi de la liberté c'est moi qui suis enfin libre, d'ailleurs il ne me fait plus peur, à moi !"

Dans la quatrième et dernière lettre, plus brève mais nettement mieux rédigée, qui n'était arrivée que trois longues années plus tard, Julien écartait la proposition réitérée par Marie-Claude dans chacune de ses lettres hebdomadaires de venir à Paris le voir, seule : c'était trop tôt, il n'était pas prêt, pas encore, même s'il était au début de tout autre chose, puisqu'il s'était marié la semaine précédente. Avec une certaine Hélène, dont il ne disait à aucun moment si elle était sourde, comme lui, ou non, ce qu'elle faisait, d'où elle venait, si elle était française, ou Dieu sait quoi… La lettre était datée du 5 septembre 1985. Et puis plus rien. Plus jamais la moindre nouvelle durant les vingt années qui avaient suivi. Elle avait continué à écrire, elle, Marie-Claude, évidemment. Pour dire sa joie de l'imaginer marié, poser des questions sur celle qu'elle avait aussitôt appelée ma bru, qu'elle embrassait, dont elle aimerait tant voir une photographie, pour affirmer encore et encore son désir de le retrouver à Paris, sans avertir Yves, qu'il lui dise seulement quand c'était possible, un café comme rendez-vous…

Ses phrases s'évaporaient dans le silence, et cela continua quand elle se confia au long de lettres envahies par les remords et les larmes, je te supplie de me dire ce que tu deviens, Julien, mon Julien. Elle persistait pourtant à multiplier les informations, sur la vie de Xavier décrochant son diplôme d'ingénieur, sur Françoise que Julien, elle le savait, aimait tant depuis le premier jour, lorsqu'il l'avait prise dans ses bras, à la maternité, il avait quatre ans, il fallait voir son visage illuminé de la tenir si petite et légère dans ses mains si grandes, et encore sur les difficultés de leur père, à l'imprimerie, leur père qui changeait, qui avait considérablement changé depuis le départ de Julien, ce n'était plus le même homme, c'est sûr qu'ils y arriveraient, aujourd'hui, à discuter…

Françoise aussi écrivait. Elle avait quinze, seize, dix-huit ans. Elle envoyait des nouvelles pour maintenir un lien, entretenir le souvenir de la maison, elle racontait que leur mère avait décroché le tableau de Bell sans qu'Yves ait même protesté, elle envoyait des photos du parc, de la cabane, des dessins aussi, mais des dessins qui tombaient désormais dans le gouffre affreux d'une disparition avérée : vint le jour où les lettres avaient commencé de leur revenir. Personne ne les avait réclamées, à la poste restante du boulevard Diderot. Une lettre après l'autre… Et encore celles qu'elles avaient écrites plus tard, réessayant chaque année…

*

Françoise s'est enfin décidée à ranger les lettres de Julien dans leurs enveloppes, les enveloppes dans la chemise de carton, sur le guéridon. Elle s'est encore rapprochée de sa mère malade, l'incitant à revenir au monde d'une pression des deux mains sur l'avant-bras tout en cherchant ses yeux, en cherchant ses mots, surtout… Si Julien avait eu un vrai problème, si Julien était mort, nous le saurions. Vivre sans aucune nouvelle est terrible, mais rassurant aussi, il finira bien par revenir, envoyer un signe en tout cas, ou bien ce sont ses enfants qui débarqueront un jour, à l'improviste, venus du Canada peut-être, ou d'Australie, qui peut dire ce qu'il est devenu, Julien...

Contre toute attente, pourtant, Marie-Claude n'est pas entrée dans la discussion plus avant, cette fois, pas même pour écouter sa fille lui raconter encore et encore ces histoires extraordinaires et rassurantes de sourds exceptionnels, devenus d'illustres éducateurs, capables de voyager dans le monde entier pour y porter, non pas la bonne parole, mais l'éducation en langue des signes, ou lui reparler une fois de plus du triomphe d'Emmanuelle Laborit dans *Les enfants du silence*, et ce signe qu'elle avait fait devant des millions de téléspectateurs en recevant son Molière de la meilleure comédienne, le pouce et l'index de chaque main formant deux anneaux mêlés pour dire ensemble, sourds et entendants, ensemble... Pour la première fois depuis un siècle les jeunes sourds retrouvaient avec elle un modèle, le modèle d'une réussite exemplaire, un espoir... Julien les connaît, certainement, tous ces gens qui se battent pour rendre à la langue des signes son droit de cité, au sens propre, et sa noblesse aussi, pour illustrer sa beauté dans les théâtres, pour démontrer son caractère de langue à part entière dans les universités où se multiplient les travaux linguistiques, sociologiques, où de jeunes sourds, désormais, soutiennent des thèses en langue des signes, se réappropriant pleinement l'héritage de Ferdinand Berthier. Cet héritage longtemps condamné à la clandestinité par les lois françaises renaît de ses cendres depuis la fin des années 1970, revenu en France *via* les États-Unis où des élèves sourds de l'abbé de l'Épée l'avaient exporté et où il a pu perdurer. Françoise en parle aisément ; ce n'est pas seulement de la consolation, qu'elle délivre à sa mère, elle en parle avec passion, elle qui sait combien le monde des sourds est dynamique, pour travailler avec plusieurs associations régionales depuis qu'elle s'occupe en tant qu'assistante sociale de quelques familles de sourds de l'Audomarois. Elle a appris, un peu, la langue des signes, du coup, c'est difficile, mais c'est passionnant, d'apprendre à parler avec les mains, c'est comme s'il s'agissait de faire descendre la langue dans le corps, pas seulement dans la tête, mais dans tout le corps, de penser avec ses mains, et puis c'est aussi une façon de communier avec son frère par-delà l'oubli. Elle aime raconter à sa mère comme c'est beau, les signes qui s'échangent, les mots qui volent, les corps qui parlent, et même pour dire des choses abstraites contrairement à ce qu'affirmait son père ; le plus incroyable c'est la vitesse à laquelle ils signent et se comprennent, les sourds, tu les verrais épeler un nom en trois secondes, tandis qu'elle, poufff...

Mais non, leur mère n'avait pas embrayé, cette fois, pas même pour murmurer l'espoir que ces nouvelles virtuelles de Julien leur parviennent avant sa mort. Non, quand Marie-Claude s'était enfin mise à parler, ce n'était pas pour poser des questions, relancer le discours, c'était comme on se parle à soi seul, le regard perdu dans la nuit. C'était pour se libérer de cette pensée folle qu'elle avait eue, quarante-cinq ans plus tôt, le jour où elle avait compris. Ce qu'elle avait résolument gardé pour elle, depuis ce jour-là où la mémoire l'avait brutalement aspirée dans l'un de ces trous de perdition dont on ne remonte jamais tout à fait identique à soi-même, le jour où Yves encore jeune discutait avec Watrin, là, dans ce salon. Elle s'y revoyait, elle y était, quarante ans en arrière, perdant pied... Au salon, sa robe à fleurs, Julien sur ses genoux, Watrin qui tentait de convaincre Yves de montrer Julien à un spécialiste, comme s'il s'agissait d'une formalité désagréable, une décision à prendre pour en finir... Julien, sourd... Rien n'était sûr, encore, mais elle savait, elle, silencieuse aux côtés d'Yves lançant ses fortes phrases comme on botte en touche, Watrin curant sa pipe sur le cendrier en attendant d'y revenir, il faudra bien que Laporte se décide à le prendre, ce rendez-vous, et elle, Marie-Claude, déjà gardienne du silence, parce qu'ils n'auraient pas compris cette sensation d'être happée par les pieds Dieu sait dans quels limbes de l'esprit, immobile dans le salon.

Elle écoutait sans entendre, ou plutôt elle entendait sans écouter, jusqu'alors elle n'avait jamais bien su faire la différence, sinon que subitement elle en découvrait quelque chose, à cet instant, réalisant que son bébé n'entendrait jamais le chant des oiseaux, qu'il ne s'agissait pas d'écouter ou non, que c'était d'abord ça, être sourd, ne pas entendre le bruit du monde, le chant de la vie, la musique de la langue, le rythme des mots, avant même de pouvoir ou non écouter les autres, n'empêche qu'il faudra qu'elle continue de lui chanter des chansons, comme il regarde sa bouche, quand elle chante, sa fascination pour le mouvement des lèvres qui l'a toujours étonnée, c'était donc ça… il faudra continuer, et faire bien plus encore et ce sera une mission permanente, être à la hauteur et… et c'est là que le souvenir lui était revenu, sidérant de puissance : sa propre mère parlant du destin tragique de son amie d'enfance, Mme Gaillard, ne se lassant jamais d'en parler, lors des interminables déjeuners dominicaux de son adolescence. Mme Gaillard, qui était l'épouse du dentiste de la rue d'Arras, elle-même professeur d'histoire dans une école privée, et qui avait eu un enfant sourd, à vingt-six ans. Marie-Claude n'a pas souvenir de l'avoir jamais vu, cet enfant qui devait avoir cinq ou six ans de moins qu'elle. Mathieu, si sa mémoire est bonne. Il faudra qu'elle demande, ce qu'il est devenu ? Elle ne l'a jamais vu, ce garçon, mais elle se souvient, elle s'en souvient si bien, de l'admiration que sa propre mère vouait à Annette Gaillard – sa façon d'en parler, de raconter avec un mélange d'effroi et d'exaltation comment Annette, qui avait refusé de placer l'enfant dans un internat adapté, se chargeait de son éducation avec un dévouement sans limite, une énergie qu'il fallait trouver la force de renouveler tous les matins, tous les soirs, à l'heure où elle se penchait vers l'enfant sourd pour lui faire répéter les mêmes mots, inlassablement, py-ja-ma, ma-man, ca-ma-ra-des-de-l'é-co-le, malgré le découragement si fréquent… Et comment deux fois par semaine elle l'emmenait chez un orthophoniste recommandé par les médecins, à Lille, en voiture, cent vingt kilomètres aller-retour quel que soit le temps, la fatigue, dans sa Panhard d'avant-guerre, et comment elle s'était battue pour l'inscrire dans l'école où elle-même enseignait malgré la réticence de plusieurs collègues, et comment elle l'accompagnait dans ses leçons, les reprenant toutes avec lui chaque soir, le portant à bout de bras pour qu'il passe *in extremis* dans la classe supérieure, jusqu'à préparer le brevet… une sainte. Une mère modèle, luttant à mains nues contre la fatalité. La perfection incarnée, le dévouement maternel en actes – c'est ainsi que sa propre mère en parlait, la voix hérissée d'émotion. Alors… cette pensée qui l'aspire est absurde, elle le sait pertinemment, ce qui ne l'aide pas à en faire quoi que ce soit, elle voudrait se débattre, elle sombre, immobile… Est-ce qu'il serait possible qu'inconsciemment, dans le secret de son propre ventre… Possible qu'elle, Marie-Claude, qui a eu tant de mal à devenir mère, aux premiers mois de Xavier, possible qu'elle ait voulu se montrer enfin à la hauteur de l'idéal maternel, qu'elle ait inconsciemment voulu l'incarner à son tour, mériter l'admiration à son tour, au point de...

Ce n'est pas de la pensée magique, c'est du cauchemar à l'état pur, qu'elle se fabrique. Si son mari lisait dans ses pensées, comme il se moquerait... Ils n'en sont plus aux premiers temps de son mariage, lorsqu'elle pouvait laisser filer à voix haute des pensées folâtres et même un peu délirantes, Yves l'écoutait, souriait, indulgent, il l'aimait, tout à coup il devenait comme tout attendri de la découvrir si fantasque, il riait, il la prenait dans ses bras, la couvrait de baisers, la rassurait tant... Mais là, quatre ans plus loin, dans la vraie vie, la vie devenue vraie, celle des adultes, dans ce grand salon aux bibelots fragiles... Jamais elle n'en parlerait, à personne, personne. N'est-elle pas coupable ne serait-ce que de le penser, puisqu'elle y pense, puisqu'elle associe immédiatement la surdité tombée comme une chape de silence tout autour de son enfant et la mère parfaite qu'il faudrait qu'elle réussisse enfin à devenir pour percer la chape, si elle en trouve la force, ce calvaire ? Est-ce qu'elle en aura seulement la force ? Elle chute en vrille, assise immobile dans sa bergère, son bébé dans les bras, ils sont seuls au monde, très loin en dessous de la scène où les deux hommes poursuivent leur discussion. Abominablement seuls, elle se le répète, détachant les syllabes, bougeant silencieusement ses lèvres en se recroquevillant vers le visage de Julien, a-bo-mi-na-blement seuls, il faut qu'elle apprenne à devenir lisible quand elle parle, elle lui adresse encore quelques mimiques pour justifier son attitude aux yeux des autres, qui discutent, ceux qui sont raisonnables, des grandes personnes qui n'ont pas peur, qui ne pensent pas au chant des oiseaux.

Elle entend à peine qu'Yves consent enfin, puisque sa femme le veut, si ça peut l'apaiser, à ce qu'on prenne rendez-vous avec le professeur Sarafian, allons, c'est entendu. Vous resterez bien dîner ? demande encore Laporte, mais déjà il se lève, sûr de la réponse, prêt à raccompagner le médecin jusqu'à la voiture, il ne va tout de même pas claquer la portière...

Marie-Claude suit des yeux son mari, par la fenêtre. Il n'est pas coupable, lui. Il n'est pas fantasque. Il a les pieds sur terre, et sans doute c'est heureux. Il faut qu'elle ait confiance. Il est fort. Mais elle...

5

LA MALÉDICTION DE LA "PAROLE PURE"

En écoutant Françoise m'en parler, j'ai aussitôt associé cette propension de Marie-Claude à s'enliser dans un sentiment de culpabilité avec l'évolution dont témoigne l'album de famille, d'une page à l'autre, les années qui ont suivi. Les traits qui se creusent, les yeux qui se durcissent, les cheveux tirés, des vêtements un peu plus sévères à chaque saison... Vous chercheriez en vain la moindre trace annonçant ou attestant le passage par Mai 1968, la moindre trace de quelque libération que ce soit, si ce n'est dans les vêtements de Xavier luttant pied à pied pour obtenir enfin le droit de porter un blue-jean, des pattes d'éléphant, un sac des surplus de l'US Army plutôt qu'un cartable de maroquinier protohistorique... Et je me demande, du coup. Je me demande – c'est pure hypothèse – si la culpabilité qu'éprouve Marie-Claude n'est pas un refuge, aussi. Parce que, si Marie-Claude est coupable, si la surdité est de son fait, il va falloir qu'elle accepte d'en payer le prix, qu'elle se range à la raison plutôt qu'à sa déraison maternelle, qu'elle vise à la rédemption à force de prière et d'abnégation : elle n'a plus qu'à fermer les yeux, pour ne plus rien provoquer à son insu, elle n'a plus qu'à s'en remettre corps et âme aux décisions de son mari.

C'est Yves qui va savoir, rester lucide, c'est lui qui va décider. Elle va le laisser prendre les choses en main, dès qu'il aura compris qu'il est inutile de persister à nier l'évidence devenue certitude, au sortir de leur premier rendez-vous avec le professeur Sarafian, l'enfant endormi, le médecin penché sur lui, constatant et annonçant qu'aucune réaction n'est décelable avant 90 décibels, pour vous donner une idée, c'est le bruit d'un marteau-piqueur à moins de cinq mètres, continue-t-il les yeux rivés sur ses compteurs, et, non, rien en dessous, et, encore, je vous dis ça, c'est valable pour l'oreille droite, la gauche ne réagit qu'à 95, les restes auditifs sont minimes, c'est ce qu'on appelle une surdité profonde, assurément, vous aviez vu juste, madame. Pas même le bruit d'un camion, demande Marie-Claude d'une voix défaillante ? Non, mais vous avez raison de poser la question, c'est important, les enfants sourds nécessitent une surveillance particulière, surtout en ville, de nos jours, ces chauffards qui partent du principe que le piéton va s'écarter puisqu'il les entend venir. Les sourds malheureusement n'ont pas de canne blanche…

De fait, et dès la sortie de l'hôpital, Marie-Claude a laissé Yves les mener au pire. Parce qu'il a aussitôt pris les choses en main, on ne peut pas dire, Yves Laporte. Avec conviction, avec force. Quelques heures à rester assommé par l'annonce, à rester silencieux, dans la voiture, au salon un verre de whisky à la main pendant que Marie-Claude changeait l'enfant, et puis il s'est arraché à la léthargie, un plan de bataille, voilà ce qu'il fallait. Non, il n'était pas du genre à se laisser abattre. Son whisky à peine terminé il a commencé à relire tout ce qu'avait écrit Bell, ces écrits qui avaient considérablement changé, d'un instant à l'autre, à ses yeux de lecteur averti. Il y a découvert ce qu'il n'avait fait que survoler, jusqu'alors, l'histoire de la langue des signes, et le long combat qu'a mené Bell pour l'interdire, au tournant des XIXe et XXe siècles, s'affirmant l'un des meneurs du curieux attelage mêlant républicains convaincus, prêtres obscurantistes, hommes de progrès et médecins. Tous décidés à arracher les sourds à leur état de misère ancestral par-delà ce qui les séparait, savants et religieux se sont retrouvés à la conjonction de leurs meilleures raisons du monde, aussi radicalement différentes ces raisons pouvaient-elles se révéler. Sincèrement, du moins le croyaient-ils, ils voulaient éduquer les sourds de manière à leur ouvrir les portes de la société, pensant dès lors qu'il ne fallait pas leur laisser d'autre choix que de faire l'effort d'apprendre à parler, que ce soit au nom de la parole d'origine divine ou au nom du progrès, de la science orthophonique naissante, des nouvelles méthodes d'apprentissage et des nouveaux appareillages qui allaient rendre l'impossible possible. Ce serait dur, mais on allait y parvenir, on allait enfin les faire parler – les faire parler pour leur bien, évidemment. Alors que, au long des siècles précédents, depuis le XVIe, des professeurs spécialisés avaient mis au point des méthodes qu'ils maintenaient secrètes pour apprendre aux enfants sourds de l'aristocratie ou de la grande bourgeoisie à balbutier quelques mots, à lire au moins un peu, à écrire parfois, à tenir disons l'ombre de leur rang, quitte à rester célibataires, la fin du

XIXe siècle a voulu que ces méthodes ne soient plus réservées à l'élite sociale, que l'ensemble de la population sourde puisse en bénéficier, jusque dans les orphelinats où bien souvent les parents abandonnaient les enfants handicapés.

Horrifié de découvrir qu'à l'aube des années 1960 il était encore fréquent dans les milieux populaires, et parfois même dans des familles pas si modestes à dire vrai, de placer les enfants sourds à l'Assistance publique, Yves Laporte a décidé de reprendre à Bell le flambeau de ce que l'on nommait alors la parole pure, une parole dont aucun signe ne viendrait entraver le long apprentissage. Il a décidé de s'investir totalement dans l'éducation de son fils, d'y consacrer son énergie sans compter ni l'argent ni le temps, pour lui offrir le meilleur, pour triompher de la fatalité.

Et comme la coïncidence lui paraissait heureuse, que Bell, ce grand homme, ait dû affronter la surdité dans sa vie ! À la suite d'un grand-père qui avait produit au début du XIXe siècle une méthode d'apprentissage du chant, la famille Bell s'était peu à peu spécialisée dans l'éducation des enfants sourds de la haute société d'Édimbourg, le père de Graham Bell avant lui, qui tous deux avaient épousé des élèves bien dotées de l'école familiale avant d'améliorer leur méthode grâce aux progrès techniques fulgurants de l'époque. C'est peu dire qu'Yves lisait l'histoire de Bell d'un œil neuf. Jamais il n'y avait prêté attention, jusqu'alors, et pourtant, c'était l'évidence : non seulement Bell avait affronté la surdité, mais qui plus est c'est elle, la surdité, celle en particulier de sa mère et de sa femme qu'il aurait tant voulu effacer, réparer, que l'on retrouve à la source de la plupart de ses découvertes, et donc de son génie d'inventeur.

Une puissante consolation, voilà ce qu'Yves a trouvé en relisant la vie et les écrits d'Edward Graham Bell, ce génial inventeur que ses biographes officiels n'hésitent pas à comparer à Léonard de Vinci au motif qu'il rêvait lui aussi de faire voler les machines et les hommes. Il manqua de peu d'y parvenir le premier, d'ailleurs, à faire s'envoler un aéroplane, de même qu'il inventa le phonogramme avec trois malheureux jours de retard : Edison venait d'en déposer le brevet l'avant-veille. Outre le téléphone, pour lequel il ne s'est pas laissé griller la politesse, cette fois, Bell a laissé son nom à la première unité de mesure du son, le bel divisé en décibels. En 1880, l'année même où s'affûtaient à Paris les grands couteaux du congrès de Milan (un congrès ficelé d'avance, où l'on avait convié tous les professionnels sauf les enseignants sourds – parce qu'on voulait certes les faire parler, les sourds, mais surtout pas les entendre, surtout pas entendre ce qu'ils avaient à dire de leur condition), en 1880, donc, lorsque le gouvernement français lui a remis le prix Volta au nom de l'invention du téléphone, Bell a immédiatement consacré les 50 000 F de la dotation, une somme considérable à l'époque, au financement d'un "laboratoire de recherche et d'invention au bénéfice des sourds". Au bénéfice des sourds… Voilà une boucle bien bouclée, et pour longtemps. C'est un paradoxe inouï, une très cruelle ironie de l'histoire, que cet appareil soit issu de recherches sur la surdité alors qu'il contribua à isoler davantage les sourds tout au long du XXe siècle, jusqu'à l'invention des textos et de l'internet. Pire encore, le téléphone, le brevet le plus rentable de l'histoire des inventeurs, lui a permis en retour de financer de nombreuses associations luttant contre l'usage des signes dans l'éducation des enfants sourds. Inlassable précurseur, il le fut jusque dans ses recherches sur la transmission héréditaire, s'appuyant sur des expériences menées avec un troupeau de moutons pour, le premier, proposer qu'on interdise le mariage entre sourds, donnant le *la* à la politique eugéniste de stérilisation des sourds de naissance appliquée aux États-Unis, dans les années 1920 et 1930, à leur insu, bien sûr. Beaucoup, entrés à l'hôpital pour une crise d'appendicite, ignoraient en sortir stériles. La recherche au bénéfice des sourds prenait une drôle de tournure...

Reste que Laporte, qui pouvait ne pas connaître cette conclusion eugéniste des recherches de Bell, relisait toute cette histoire comme on boit une fameuse gorgée d'absinthe. Il s'enivrait de la coïncidence, qui lui semblait lever la malédiction – malédiction, le mot qui lui est venu, sortant de l'hôpital, alors qu'il marchait vers la voiture aux côtés de Marie-Claude, Marie-Claude horrifiée d'avoir donc eu raison, Cassandre d'elle-même et de son enfant... Ils étaient restés silencieux, digérant l'avalanche de conseils, de mises en garde du médecin. Les choix restreints qui se dessinaient. Les informations en cascade. L'importance d'appareiller l'enfant le plus tôt possible, de l'initier dès le plus jeune âge au port des appareils, dès le lever le matin, jusqu'à l'endormissement, le soir, qu'il vive ses deux appareils comme faisant partie intégrante de son propre corps, au point de se sentir dépossédé d'une partie de lui-même dès lors qu'il aurait oublié de les mettre, ou qu'il aurait négligé de changer les piles. Les piles, le médecin avait insisté, toujours à vérifier, plusieurs fois par jour ! Vous glissez votre main, vous sortez légèrement l'embout de l'oreille, pour vérifier grâce à l'effet de larsen que l'appareil est en fonction. C'est fondamental dans l'éducation à la parole, c'est le principe de la boucle audiophonatoire. La quoi ? avait demandé Laporte qui pour une fois se contentait d'écouter, s'en remettant à la médecine comme chacun fait dans ces cas-là, sidéré par toutes ces informations, sidéré plus encore que ce soit donc vrai, qu'il soit donc avéré qu'il a, lui, un enfant handicapé, un enfant sourd. Sidéré de n'avoir rien vu venir, aussi. Il existe donc des handicaps invisibles ? On croit que tout est normal, rien n'annonce le pire... Dès le retour à la maison, Laporte n'avait pas éprouvé d'autre urgence que de voir ce que Bell en pensait, de ladite boucle audiophonatoire, ce phénomène naturel qui associe l'oreille et la voix dans l'apprentissage du langage, puisque l'on s'entend parler, normalement, et que c'est à s'entendre que l'enfant apprend à contrôler sa voix pour reproduire comme s'ils étaient naturels les sons de la langue tels qu'il les a entendus dans la bouche de ses proches.

Non, décidément, ce n'était pas que son fils n'entende jamais le chant des oiseaux, la musique, qui le préoccupait, Yves Laporte. Est-ce qu'il l'écoutait souvent, lui, le chant des oiseaux ? S'inquiéter des camions, des chauffards, des sirènes de pompier, d'incendie, jusque-là Marie-Claude a raison. Mais la musique... La musique, c'est agréable, de l'émotion, ça délasse, mais enfin on peut bien vivre sans musique, sans oiseaux, tout de même, quelle drôle d'idée de focaliser là-dessus. Non. Ce qui le préoccupe immédiatement, c'est l'avenir. Il ne l'avait jamais vu comme ça, l'avenir de son enfant, qui lui semble tout tordu, subitement, comme une canne qui paraissait droite trempée dans l'eau du rêve, mais que voilà sortie au grand jour, qui ne ressemble à rien, une branche noueuse... Comment s'y prendre ? Comment permettre à l'enfant d'acquérir malgré ce handicap une vraie capacité à s'insérer dans le tissu social ? À s'assurer d'un métier, d'une situation, à trouver sa place dans la société, être capable de surseoir à ses besoins, faire des courses, discuter avec le percepteur, son banquier...

Laporte relisait Bell, découvrait ses théories rassurantes quant à l'acquisition du langage, sa confiance totale dans le progrès, on pouvait donc y parvenir, vaincre la surdité ? Il se redressait de page en page, il grimpait l'arbre de la surdité vers l'auréole de gloire dont il avait toujours paré Bell, il y entrerait à son tour ! Il allait relever le défi, comme Bell avant lui. Il allait relever le défi, c'est-à-dire, relever le gant que le sort lui avait jeté en plein visage, pour voir sans doute ! Il n'allait pas se laisser arrêter comme ça, il allait continuer à foncer, comme il avait toujours fait ! Oui, il fera tout ce qu'il faudra pour que son fils s'en sorte, de ce cauchemar. Il va se battre pour l'avenir de Julien et du même geste faire de la surdité sa chance, à lui, exactement comme Bell avait fait la sienne de l'insoutenable, de l'injurieuse surdité maternelle.

À rebours de sa femme, Yves Laporte ne s'est posé aucune question farfelue. Il a évacué presto toute idée de culpabilité, admis sans réserve le principe de la loterie génétique que lui avait expliqué Sarafian. N'a pas imaginé une seconde que sa passion pour Bell ait pu entraîner un désir de reproduire...

Non, évidemment. Pures fadaises, assurément, calembredaines, ce qu'il aurait immédiatement répondu si Marie-Claude lui avait parlé de Mme Gaillard. Mais cette absence de question l'a rendu aveugle à une dimension qui est évidente, avec le recul, dans la vie et l'œuvre de Bell, une caractéristique qu'il partageait avec lui sans avoir le moins du monde l'idée que cela puisse exister : une haine fondamentalement inconsciente mais d'une extrême virulence, la haine de la surdité et par-delà des sourds qui n'y peuvent mais, une haine inconsciente des plus répandues, une haine archaïque sur laquelle son fils, Julien, a beaucoup travaillé plus tard, quand il en a pris la mesure. Non, Yves Laporte n'a vu aucune part obscure à l'engagement de Bell, rien d'autre qu'un heureux hasard si les investissements "au bénéfice des sourds" de ce fils et mari de femmes sourdes l'avaient mené tout droit à l'invention du téléphone, ce bond en avant pour le monde entier, seuls les sourds sont restés sur place. Une haine inconsciente qu'on peut en l'occurrence résumer d'une phrase qu'il a souvent prononcée, Bell, en toute innocence, ingénument : "Nous devrions essayer, nous-mêmes, d'oublier qu'ils sont sourds. Et nous devrions leur apprendre, à eux, à oublier qu'ils sont sourds." On ne veut plus voir ça. On veut rendre la surdité à son invisibilité, et sûrement pas voir les sourds se donner en spectacle, signer à tour de bras, parler avec le corps, si c'est animal, si c'est obscène, comment descendre de là, avoir procréé ça ?!

Il faut dire encore qu'à l'époque où Yves Laporte découvrait cette histoire, au début des années 1960, la langue des signes était toujours interdite dans l'éducation des enfants sourds, en France. Elle devait le rester encore plus de vingt ans, et de fait il n'y avait pas d'alternative à l'oralisme que les éducateurs avaient imposé partout. La langue des signes n'existait plus dans le champ social. Les sourds qui la pratiquaient avaient eux-mêmes du mal à la considérer comme une langue à part entière, n'y pensaient jamais en ces termes, et beaucoup d'entre eux continuaient de l'appeler la mimique, comme leurs éducateurs. Elle était cantonnée dans l'espace familial, ou bien dans les foyers où les sourds se retrouvaient en fin de semaine pour échapper à l'isolement radical qui était le leur, la vie de la plupart se limitant à l'exercice de professions manuelles qu'ils n'avaient pas choisies, beaucoup d'horticulteurs, mais aussi des tailleurs, quelques mécaniciens pour les plus chanceux. La majorité des sourds évitaient d'ailleurs de signer dans les lieux publics ; la mimique, on en avait besoin, mais il n'y avait pas de quoi être fier. Alors même qu'ils continuaient de former communauté dans leur langue, animant les foyers, organisant des banquets de célébration de l'abbé de l'Épée ou les rencontres sportives entre sourds qu'ils ont multipliées dès la fin du XIXe siècle, ils avaient intégré pleinement la vision de l'époque puritaine, qui renvoyait la langue des signes à une forme de singerie, une forme de nudité obscène de l'homme ramené au temps des cavernes, à sa bestialité d'avant le langage. L'état de misère culturelle de la plupart d'entre eux était d'autant plus grand que la possibilité même de nourrir l'espoir d'accéder à une vie intellectuelle ou artistique leur avait été arrachée en même temps que l'enseignement de leur langue, puisque le congrès de Milan avait provoqué la disparition de tout modèle d'intellectuel sourd ; une fois les enseignants sourds mis à la retraite d'office, les enfants ne voyaient dans les écoles que des professeurs entendants pour se pencher vers eux avec toute la condescendance requise. Sinon pour balayer, il n'y avait plus un seul adulte sourd dans les établissements scolaires. Le mieux que chacun pouvait espérer, c'était de décrocher un CAP, ce qui était loin d'aller de soi, tant l'oralisme imposé par la loi s'est vite révélé un échec complet, quand bien même les éducateurs et les médecins ont mis un siècle à l'admettre, persistant à faire des démonstrations des progrès de leurs élèves qui reposaient sur une forme de mensonge. L'échec pouvait en effet paraître relatif tant qu'il s'agissait d'enfants devenus sourds et que l'on soumettait à la rééducation oraliste (du moins avaient-ils eu le temps de baigner dans le français avant de perdre l'ouïe, ils en gardaient une mémoire), ou d'enfants qui n'étaient que légèrement sourds, ceux-là qu'on mettait en avant aux remises de prix, qui étaient capables de répéter les phrases apprises en orthophonie. Mais l'échec était radical pour les sourds de naissance, qui non seulement n'arrivaient jamais à parler correctement, mais ne parvenaient pas à compenser leur problème d'élocution par l'écrit, les éducateurs rechignant à leur donner les bases de la lecture et de l'écriture tant qu'ils ne parvenaient pas à articuler. Dès le début du XXe siècle, vingt ans après l'interdiction, les médecins avaient multiplié les hypothèses de syndromes associés plutôt que d'admettre leur échec. Si les enfants profondément sourds résistaient à leur méthode parfaite, c'est qu'ils étaient un peu débiles, nécessairement… Au fil des décennies, on avait fini par les laisser signer entre eux, ceux-là, dans les dortoirs, au fond de la cour, on fermait les yeux sur leurs singeries. On ne leur attachait plus les mains dans le dos, puisque de toute façon on arriverait à rien, la cruauté a ses limites. Mais en classe, c'était hors de question. C'était même inadmissible, que certains enfants profitent de l'ignorance de leurs professeurs pour s'en moquer avec des signes que seuls les élèves comprenaient.

Si, en 1963, on n'attachait plus les mains des enfants, dans les internats, les parents de Julien n'avaient donc pas d'autre choix que l'éducation purement oraliste, comme ils l'avaient compris dès leur premier rendez-vous avec Sarafian. Nulle part encore aucune institution, aucun spécialiste n'associait ne serait-ce que quelques signes de base, lapin, cheval, manger, boire, à l'éducation orale. Le seul choix que pouvaient faire les parents de Julien, et qu'ils ont fait, était d'élever eux-mêmes leur enfant plutôt que de s'en remettre à la triste loi des internats spécialisés. L'enfant irait à l'école du village, le matin, et ils lui offriraient ce qui se faisait de mieux en matière d'orthophonie et de soutien scolaire l'après-midi, à la maison.

Ce choix d'une éducation à domicile avait cependant une motivation seconde, plus discrète, qui était l'utopie de préserver Julien de la contagion des signes. Pour avoir lu avec quelle insistance Bell en parlait, Yves Laporte savait que là où se rencontrent plusieurs sourds surgissent spontanément des signes, toujours, aussi autarciques seraient-ils. Comme son prédécesseur, il a dès lors considéré que si les méthodes oralistes étaient en échec, c'était d'abord et avant tout parce qu'on n'était pas allé assez loin dans la lutte contre la contagion des sourds par les signes, qu'on avait manqué de rigueur, qu'on n'avait pas tenu compte de la nécessité absolue de séparer les plus jeunes des enfants plus âgés qui connaissaient le langage gestuel pour en finir avec la transmission spontanée de la mimique. Les éducateurs avaient fait preuve de faiblesse, et comment demander à un enfant qui réussissait à obtenir ce qu'il désirait grâce à deux gestes simples, que ce soit à manger ou un sourire, comment lui demander de faire l'effort colossal d'apprendre à lire sur les lèvres même les mots les plus usuels, d'apprendre à articuler de manière à se faire comprendre, d'y passer des heures et des heures, la main sur la gorge de son éducateur pour sentir quel muscle il s'agit d'activer afin d'atteindre au son "a" ?

Qu'on appelle cela de la rééducation ne l'a jamais chiffonné, Yves Laporte, pas plus que les éducateurs qui aujourd'hui encore continuent d'employer ce terme de rééducation orthophonique plutôt que celui d'éducation. Rééducation, comme s'il y avait décidément eu un état, au préalable, où l'enfant sourd, avant d'en être chassé à la naissance, habitait le paradis de la parole commune. Non, ce qui le chiffonnait, Yves Laporte, c'était le laxisme du monde éducatif, décidément. Il s'emportait, parfois, lorsqu'il en parlait à ses invités, durant l'enfance de Julien, de l'incurie où mène la faiblesse ! On a peur d'être trop sévère, mais voilà, au bout du compte, qui en pâtit, sinon les enfants sourds ? Il en voulait pour preuve ce tableau dont il a toujours gardé la reproduction dans ses tiroirs de bureau, un immense tableau longtemps resté dans le hall d'entrée de l'Institut des jeunes sourds, rue Saint-Jacques, à Paris, d'autant plus spectaculaire qu'il rappelle au premier coup d'œil une autre toile gigantesque exactement contemporaine et célèbre depuis Freud, *Une leçon clinique à la Salpêtrière*, où l'on voit Jean-Martin Charcot donnant une leçon publique avec une patiente hystérique. À l'Institut Saint-Jacques, le tableau de plusieurs mètres de large représentait aussi une leçon publique donnée en 1895, non pas en présence de femmes hystériques, mais d'enfants sourds appelés à montrer leurs progrès en répétant des phrases sans doute apprises par cœur au préalable, afin d'impressionner un aréopage de personnalités venues applaudir enfants et professeurs, de généreux donateurs, des pontes de l'Académie de médecine, mais aussi, ce jour-là, le président de la République, Sadi Carnot. Mais regardez, disait Laporte, regardez tout là-haut, disait-il, sur les plus hauts gradins de l'amphithéâtre, ce groupe de jeunes sourds, eh bien, vous ne voyez donc rien ? Cette mauvaise, cette exécrable plaisanterie ! Sans doute le peintre ne l'a pas fait exprès, c'est un tableau de commande, envoyé là il a peint sans malice, sans doute il ne savait pas que la mimique était interdite, peut-être même il ne savait pas ce que c'était, ces gestes des gamins tout au fond de la salle, il s'est contenté de représenter les choses, il a peint ce qu'il voyait, le malheureux, ça devait lui sembler joyeux ce chahut silencieux d'enfants sages. Et ce qu'il a vu, ce qu'il a peint, c'est bien la preuve qu'au moment où la langue des signes était soi-disant et à jamais proscrite de l'Institut Saint-Jacques, eh bien les enfants sourds qui assistaient à la présentation, ceux qui restaient tout en haut des gradins sans doute parce qu'ils n'étaient pas capables d'impressionner les visiteurs, eh bien, ils signaient entre eux ! Comme si de rien n'était ! À la vue et au su de tout le monde ! En présence du président de la République ! Et il semble bien que tout le monde trouvait ça normal, parmi les enseignants, aucun pour réagir, pas un surveillant, rien ! Ils n'avaient donc pas lu les résolutions du congrès de Milan, ces responsables de Saint-Jacques ? Des gens payés pour ça, incapables de faire barrage à la mimique au sein même d'un institut national ! Si ce n'était pas gabegie, foutage de gueule, excusez-moi de m'emporter... Alors ils me font rire, ceux-là qui aujourd'hui nous parlent de la terreur qui aurait été imposée à Saint-Jacques pour en bannir les signes ! Mon Dieu, si c'était vrai, on n'en serait pas là... Comment peut-on prétendre après avoir vu ça que l'oralisme est en échec ?

Sans parler de cette statue de l'abbé de l'Épée, placée en plein milieu de la cour d'honneur de Saint-Jacques mais qui lui restait surtout en travers de la gorge, c'était le cas de le dire, à Yves. Non pas qu'il ait démérité, ce bon père, à la fin du XVIIIe siècle... Les sourds condamnés à l'ignorance jusqu'alors, du moins il avait essayé de les aider, avec les moyens du bord, les quelques signes piochés ici ou là auprès de deux jeunes sœurs sourdes qu'il avait rencontrées par hasard un jour de pluie, dit la légende, et qu'il avait aussitôt décidé de secourir, estimant qu'avec les signes qu'elles échangeaient elles pourraient aussi bien acquérir les bases du catéchisme, recevoir l'hostie en attendant l'absolution. Une belle âme, sans doute, l'abbé, mais enfin, une autre époque ! C'était avant le progrès, c'était la sortie de la nuit, une petite bougie, à peine, on avait l'électricité, dorénavant ! Alors mettre une statue de l'abbé... Les édiles le savaient bien, pourtant, l'année où la statue fut inaugurée, à l'Institut Saint-Jacques, que le temps des signes était révolu. Les trois derniers enseignants sourds venaient de partir à la retraite anticipée au nom du progrès.

Il y avait décidément d'autres savants à honorer dans l'Institut national des jeunes sourds, d'autres exemples à proposer aux éducateurs que celui qui avait inventé l'éducation par les signes... Ponce de Léon, le tout premier à avoir imaginé une méthode oraliste, dès le XVIe siècle ! Ou Jean-Marc Itard, qui avait maintenu l'enseignement de la parole contre vents et marée lorsque l'Institut était la proie des soi-disant intellectuels sourds, les Massieu, les Berthier, tous ces idéologues du XIXe siècle que des associations de pauvres sourds continuent à célébrer sur un mode sectaire, et on les laisse faire, même lorsqu'elles ont leur siège social à Saint-Jacques. Non, décidément, ce n'était pas la méthode, le principe, qu'il fallait condamner, c'était l'incurie !

Alors, au long des années 1960, constatant que les protestations se multipliaient contre l'éducation oraliste, que les théories de Bell semblaient partout menacées, sa mission n'en avait trouvé qu'une plus grande force d'évidence : il lui revenait de déclencher le mouvement salutaire qui permettrait de remonter la pente fatale du communautarisme sourd, de démontrer que l'on pouvait y parvenir, de démontrer que le monstre surdité pouvait être combattu, qu'un sourd pouvait être *dé-monstré* en somme, puisque son fils, il allait lui en donner les moyens, en triompherait, se relèverait parmi les hommes de parole, arraché au monstre surdité resté à terre comme une mauvaise camisole. Il y parviendrait, à vaincre la surdité, à exorciser son fils. Il y parviendrait exactement comme il était toujours parvenu à faire triompher son point de vue, en se faisant confiance, à l'instinct, en misant tout sur une seule case, la bonne. Lui qui, jusqu'alors, avait toujours été du bon côté de l'histoire, allait prouver qu'une fois de plus il avait raison, sachant bien que ce triomphe de la raison impliquait de s'engager totalement à son service, de s'en donner les moyens, de refuser toutes les concessions, et, en l'occurrence, impliquait de croire absolument, résolument, à la parole, à la parole pure que défendait déjà l'abbé Tarra, au congrès de Milan, en 1880. Là où il y a des sourds, il y a des signes, toujours ? Eh bien, son fils ne rencontrerait pas de sourds. Il serait préservé de la contagion par les signes. Il parlerait. Et lui, Yves Laporte, prouverait définitivement la validité des thèses de Bell. Il en fournirait la preuve écrite, irréfutable, cartes sur table, dans un livre inoubliable.

Pendant que Marie-Claude reprenait le chemin de l'église, l'avenir d'Yves Laporte retrouvait un peu de ses couleurs, il pouvait de nouveau s'y projeter, au volant de sa DS, dans le bonheur à venir d'ici quelques années. Il s'y voyait déjà, avec ses garçons visitant l'imprimerie, l'admiration de toutes les équipes pour ces deux beaux enfants, dont le petit sourd, mais vous savez qu'il parle, c'est incroyable, cette émotion quand il vous dit bonjour et vous demande si vous allez bien, il va réussir à en faire quelque chose, le patron ! Il pouvait même se projeter quinze ans plus loin, vingt ans peut-être, il y faudrait le temps qu'il faudrait, se projeter assis sur un fauteuil à l'écran, devant Pierre Dumayet l'interrogeant, présentant sa biographie d'Edward Graham Bell, l'œuvre de toute une vie ! Il allait bouleverser le monde entier, en tant que père d'un enfant sourd capable de soulever des monceaux de mensonges historiques, de déblayer le terrain du progrès... Il serait le héros de la parole pure ! Alors, non, décidément non, il n'y aurait pas un signe dans l'éducation de son fils, les signes sont bons pour les demeurés !

Julien devenait l'instrument premier de son rêve. Et elle, Marie-Claude, avec tout l'amour qu'elle vouait à Julien, un amour d'autant plus grand qu'il en avait plus besoin qu'aucun autre de ses enfants, un amour d'autant plus intense qu'elle se sentait coupable, elle, en confiance, a suivi, elle a non seulement admis mais appliqué les diktats de son mari. Elle a entériné le programme. Elle n'a communiqué avec son enfant qu'avec la bouche, avec les yeux aussi, les yeux, beaucoup, c'était autorisé, mais sans faire de gestes, de signes, presque pas, à peine quelques-uns, et jamais en présence de son mari, qui s'était investi comme peu de pères l'auraient fait, aucun peut-être, elle le constatait tous les jours, elle avait cette chance, dans son malheur.

Parce que, de fait, les moyens, il les a mis au service de son ambition. Les orthophonistes venant à domicile, les meilleurs appareils, tout l'équipement technique à la pointe du progrès dans une salle capitonnée, dédiée aux apprentissages de Julien...

Tout, il a tout fait, pour Julien !, comme me l'a dit Xavier quelque quarante ans plus tard, et dans la voix du frère aîné il y avait encore des traces d'une étrange rancune, le très vieux dépôt d'une jalousie enfantine, une jalousie d'autant plus mortifère qu'elle était interdite, amorale, inadmissible à ses propres yeux d'enfant – comment aurait-il pu être jaloux de son frère handicapé, le pauvre petit frère sans défense ? Même jaloux, il n'avait pas le droit !

Dieu sait pourtant qu'ils en ont discuté, Françoise et lui, avant et après le retour de Julien venu régler l'héritage. Xavier veut bien admettre que leur père a fait montre d'un engagement excessif, a commis des erreurs… Mais enfin, d'ici à l'assassiner dans le dos, le ruiner, lui et tous ses espoirs ! Quelle violence, ce départ, ce silence qui a suivi, et ne pas même enterrer ses propres parents, comment pourrait-on excuser une chose pareille ? Est-ce que ce n'était pas comme ces sourds, là, il avait vu ça récemment, aux informations régionales, qui s'étaient invités en bande à un congrès de médecins et d'audioprothésistes, avaient envahi la salle, gagné la tribune, et à coups de marteau, parfaitement, à coups de marteau !, devant les caméras, publiquement, avaient brisé en morceaux les derniers-nés des appareils auditifs, de purs bijoux électroniques dont chaque exemplaire coûte des centaines de milliers de francs à la société, il ne se souvient plus du nom, ce sont les implants cochléaires qui nécessitent une opération, des électrodes autour du nerf auditif, une antenne sous la peau du crâne reliée au boîtier externe, les briser, parfaitement, à coups de marteau, tous les médecins et les chercheurs réfugiés plus loin, ces fous furieux de sourds en colère, c'est comme ça qu'ils se font appeler, les sourds en colère… Il semble qu'ils aient appris leurs méthodes barbares chez les militants contre le sida, les activistes d'Act Up, ça en dit long, non ? Mais, bref, vous les auriez vus, ils auraient bien été capables de frapper les médecins à leur tour ! On fait tant pour eux, et voilà le résultat ! Est-ce que ce n'est pas hallucinant ?

Non, Xavier ne pouvait pas laisser dire que cette violence irraisonnée, la même que celle qui avait provoqué la chute de son père, que cette violence adressée à des gens qui voulaient aider les sourds, qui œuvraient pour leur bien, il ne pouvait pas laisser dire qu'elle n'était qu'une réaction, une réponse à la violence de l'histoire tout entière. Si on allait par là… Il y avait d'autres moyens, tout de même, de se faire entendre, d'autres moyens que des coups de marteau ! Julien, il aurait pu en parler plutôt que de s'obstiner à tout détruire par son silence, non ? Mais, justement, lui dit doucement Françoise, en parler c'est ce qu'il ne parvenait pas à faire, sans les mains. Ça va, je t'en prie, inutile de jouer sur les mots... Si on va par là, moi je te dis que la seule erreur de Papa, c'est de l'avoir appelé Julien, ce garçon. Sa manie, Xavier, l'onomastique... Le sens caché des prénoms, des noms... Peut-être depuis qu'on l'a surnommé extra-large, au lycée, quand il a commencé à écrire des articles sur la nécessité de respecter les règles de base de la composition telles que son père les lui avait enseignées, dans le journal de l'école, signant de ses initiales, "X. L.". C'est au bout du compte le seul reproche qu'il ait jamais formulé à l'égard de ses parents, d'avoir nommé cet enfant Julien, comme Julien l'Apostat, l'empereur romain qui s'est rendu coupable d'apostasie en renonçant au baptême : en reniant la parole de Dieu le Père...

Il faut bien reconnaître qu'il est un peu obtus, ce Xavier. Mais c'est peut-être Marie-Claude, qui m'étonne le plus, au fil de mon avancée. La mère de Julien, qui s'en est retrouvée deux fois coupable. Coupable de ses fantasmes de mère, coupable plus encore d'avoir laissé faire, elle l'a compris, mais tellement tard. Et elle ne s'en est jamais relevée. La révolte qui a été la sienne, silencieuse mais terrible, elle qui s'en est voulu au point de s'interdire de vivre, même après la mort de son mari, elle avait à peine cinquante ans, pourtant, c'était en 1988.

Il aura donc fallu qu'elle meure à son tour, pour que Julien revienne, comme me l'a dit Xavier, un pli amer à la bouche, Julien, dont maman demandait s'il était vivant ou mort, qu'on lui dise la vérité, elle voulait savoir, dans ses rares moments de lucidité, aux derniers jours de son agonie…

SECONDE PARTIE

6

LE REVENANT

LE RETOUR de Julien… Je l'avais écrit, pourtant, ce retour au bercail, un début de rêve ! Comme je peine à y renoncer, à ce fichu cahier rouge… Me voilà de nouveau à le chercher sans cesse, ces derniers jours. Un cahier Clairefontaine. J'en viens à douter de son existence, après avoir mis une fois de plus sens dessus dessous le bureau, le salon, la chambre, la grande armoire du couloir et jusqu'aux malles d'archives où il n'avait aucune chance de se trouver…

Pourtant, oui, j'en suis certain, et je m'y vois encore, un soir, au printemps dernier, à la table de la cuisine, dans la maison endormie, les enfants étaient couchés, je sirotais un dernier verre et encore un dernier, et soudain cet élan somptueux… Arrêtant subitement de rêvasser, reposant mon verre de vin pour m'emparer du cahier et d'un stylo…

Évidemment ! Foin d'interdictions, de cette histoire formidable j'allais tirer une fiction, elle commençait ici, au retour de Julien, vingt-cinq ans après, *ex abrupto* je le voyais, sur la route ! À peine l'avais-je formulé qu'aussitôt je posais mon verre, alignant les phrases pour décrire la course de mes personnages sur le chemin de la maison d'enfance de Julien, mes quatre personnages qui marchaient de front sur une petite route de campagne, qui marchaient plein d'allant, et riaient, et discutaient en langue des signes sans jamais y perdre souffle – et moi, à leur suite, qui galopais derrière eux de page en page, et dans toutes tant de lumière, cette ivresse !

C'était une lumière de pollen, de ces lumières printanières qui avivent les couleurs, si denses à la vérité que dans l'air froid et transparent le ballet des particules en devient presque tangible, le regard sans limite. Oui, et je la voyais, la lumière, écrivant sous la lampe à la table de la cuisine, je m'y voyais, j'y étais, observant la scène depuis le pas de la porte d'un gîte surplombant la petite route de campagne, admirant les couleurs éclatantes des premières fleurs à peine écloses, les deux mains serrées sur un bol de café fumant, respirant à pleins poumons le désir amoureux et subit d'être peintre qui m'avait pris dès l'ouverture de la porte, tant j'aurais voulu rendre quelque chose de la beauté effervescente de l'Audomarois si surprenante d'être ainsi donnée sans préavis, d'une journée l'autre, un beau matin du monde au sortir enfin de l'hiver…

Car c'était une vision, bien plus qu'une scène ou un début de roman, ce qui s'écrivait là, ce soir-là, et de fait et malgré la distance je crois bien que n'importe quel lecteur même le plus obtus les aurait vus comme je les voyais, mes quatre personnages pleins d'allant, Julien Laporte dominant le groupe de son crâne rasé, sa femme Hélène, leur fille Sophie et leur amie entendante, Monique, plus réservée, comme en retrait. Oui, on les voyait signer comme je vous vois, comme si l'on y était, la curiosité aussitôt attisée par ce groupe étrange et cette manière peu ordinaire mais qui semblait leur être si naturelle d'agiter les mains avec la souple élégance du magicien libérant les mots et les rires du bout des doigts, de parler avec tout le corps et le moindre muscle du visage, de boire les réponses aussi bien, les yeux avides et brillants comme l'on peut être toute ouïe, et de rire, enfin, un rire stupéfiant de lacérer le silence sans être précédé d'aucune parole.

Magie de ces lumières qui semblent susceptibles de rapprocher jusqu'aux bouquets d'arbres, aux clochers rythmant toute la vallée, à la fumée si blanche d'une usine cachée par la colline, rapprochant même les odeurs d'étable et de foin, les aboiements de chiens désœuvrés qui se répondent d'une ferme à l'autre, et tous les bruits routiniers de la campagne que Julien certes n'entend pas, pas plus que ne les entendent sa femme et sa fille, mais que j'entendais, moi, dans le ruissellement de ma page. Et comment ne pas imaginer que Monique, l'amie entendante qui les accompagne et qui jacasse avec eux, leur explique dans la langue des signes dont elle maîtrise parfaitement la syntaxe la stupeur manifeste qu'elle éprouve, la stupeur où nous mènent toujours ces matinées de lumière bleue et froide qui aiguisent jusqu'à l'espace sonore, et cela peut même inquiéter, ce recul des frontières ordinaires de la perception, ce sentiment de renaître à un monde neuf, fragile et fulgurant, dans cette lumière de peintre pointilliste qui semble abolir les distances au point de rendre sensibles jusqu'aux battements d'ailes invisibles du passé, jusqu'à la présence souterraine des morts, peut-être.

Oui, oui, oui répond Hélène de sa main droite, le pouce et l'index formant un O qu'agite la rotation rapide du poignet, je comprends, je ressens la même chose. Elle semble inquiète, cependant, Hélène, deux fois inquiète. Inquiète de voir son mari transfiguré à l'approche de la maison. Inquiète aussi de ces retrouvailles qui n'en seront pas, et d'autant plus que Julien n'a pas accepté qu'elle annonce la présence de Monique, dans sa dernière lettre à Françoise. Monique, leur amie qui n'a pas d'autre raison d'être là que de traduire les échanges. Comment vont-ils réagir, Xavier et Françoise ? Ce sera forcément un choc, pour eux, elle s'est évertuée à l'expliquer à Julien, évidemment d'accord sur la nécessité de disposer d'un interprète, surtout quand il s'agit de discuter d'une chose aussi importante que d'un héritage, de l'avenir de cette maison de famille, mais tout de même, est-ce que son frère et sa sœur ne risquent pas de fort mal le prendre, de s'en trouver choqués ? Julien sait bien comme la présence des interprètes, parfois, perturbe les entendants qui n'en ont pas l'habitude, qui regardent celui qui parle au lieu de regarder celui qui signe, qui ne comprennent plus, parfois, il y a de ces abrutis tout de même, ne comprennent plus qui est qui, quand l'interprète sort du silence pour commencer à parler en traduisant "je" et qu'ils croient que ce "je" est le sien... Tout de même, ils ont grandi ensemble, Xavier, Françoise et lui. Sans interprète... Alors, le voir revenir dans une langue tellement étrangère qu'elle nécessite une traduction, quel choc ! Est-ce qu'il n'aurait pas été souhaitable de les avertir ?

Elle jette de rapides coups d'œil à son mari, plus inquiète encore de le voir aux prises avec une tension imprévue d'être si forte à l'approche de la grande maison de maître qu'elle-même s'apprête à découvrir enfin. À peine Julien répond-il d'un geste de tête furtif à leur fille, Sophie, lorsqu'elle s'enquiert pour la troisième fois de la distance qui les en sépare encore. Marchant au rythme du groupe enjoué, et même légèrement en avant, il donne l'impression d'être caparaçonné comme un cheval de tournoi, le dos rond, le visage crispé, alors qu'ils progressent sur cette route qu'il n'a pas vue depuis vingt-cinq ans mais dont il reconnaît saisi au cœur des détails enfouis qui jaillissent des strates les plus profondes de sa mémoire visuelle, la courbe d'un virage autour du petit bois de peupliers, et les jours de verglas mieux valait descendre de vélo pour marcher sur le bas-côté, et peu après le chemin crayeux qui mène à la statue de la Vierge dominant la vallée... Ce n'est pas qu'il a peur, non, ou alors, c'est une peur très étrange, inconnue, une peur intérieure. Un peu comme ces peurs rétrospectives que l'on peut violemment éprouver, certains jours, en comprenant subitement à quel danger inaperçu sur le moment on a échappé autrefois. On ne risque plus rien. N'empêche, quelle horreur !

La peur d'une faille ? Une faille dans le temps ? Julien est matérialiste. Il ne croit pas aux failles dans le temps. Il ne croit pas qu'il pourrait retomber dans la douleur de son enfance isolée. Si on le voit sourdre de la carapace, c'est sans doute d'abord contre ce qui l'agite en lui-même, ce qui risque de le déborder, ce qui le menace de l'intérieur : des sensations anciennes, enfouies si profondément qu'il croyait les avoir oubliées, et qui reviennent, depuis la rue de l'Église, l'épicerie, à quelques centaines de mètres désormais de Xavier et de Françoise qui l'attendent, qu'il n'a pas vus depuis vingt-cinq ans, qu'il n'a jamais vus depuis qu'il est devenu ce qu'il est, qui ne savent rien de ce qu'il est devenu, eux qui ont gardé le souvenir de l'enfant sourd d'autrefois, un enfant apeuré, noyé dans un univers de bavardage et de paroles inaccessible, un enfant qui ne comprenait rien, jamais, rien à rien… Le jour où l'homme a marché sur la lune… Allez savoir pourquoi, voilà ce qui lui revient, au coin des peupliers… Le 20 juillet 1969… Ses cousins étaient là, comme toujours aux vacances, et parmi eux, Pierre, qui avait une façon rien qu'à lui de le regarder, avec ses grands yeux étonnés, lui qui n'était pas comme les autres. Les autres cousins l'oubliaient tout le temps, et puis subitement se souvenaient, il faut être gentil avec le cousin sourd, alors ils venaient plein d'empressement, si Julien était dans son coin à jouer c'était pareil tout d'un coup il n'y en avait que pour lui, cinq minutes, tout au plus… Pierre, c'était différent. La nuit de la lune, c'était le seul à s'être préoccupé de lui… Julien avait sept ans, on avait réveillé tous les enfants, comme partout, pour assister en direct à cet événement historique sur la télévision noir et blanc toute neuve. Personne ne lui avait expliqué, ou alors personne n'y était parvenu, Julien n'y comprenait rien, ne comprenait pas pourquoi tout le monde était debout, en pleine nuit, les enfants en pyjama devant ces images tremblantes, ces hommes dans des costumes bizarres... Jusqu'à ce que Pierre le prenne dans ses bras et articule comme un fou, on-a-marché-sur-la-lune, Ju-lien ! Sur la lune ! tendant le doigt vers le poste, vers le ciel, les yeux brillants, l'entraînant dans une danse... Julien riait, sans bien comprendre encore pourquoi. Il en a un drôle de mouvement d'épaule, un hoquet de souvenir désagréable, sur la route. Comme il devait avoir l'air godiche parfois à rire sans rien comprendre, comme ça ! Comme ça devait lui donner raison, à son père...

À quel âge a-t-il appris qu'il existait d'autres sourds, qu'il n'était pas le seul au monde, qu'il existait même des adultes sourds, qu'il en serait un, un jour ? Sa mère lui en parlait parfois, des autres sourds, les pauvres sourds mal éduqués, livrés à eux-mêmes, quand il avait sept ans, huit ans... Lorsqu'il demandait, pourquoi, pourquoi je suis sourd, pourquoi ? et qu'elle, évasive, difficile à lire sur les lèvres à force de fuir son regard et d'observer les murs, ou ses chaussures, incapable de rien trouver d'autre, lui parlait de la volonté de Dieu, du destin qu'il faut accepter pour en tirer profit, et de sa différence, de l'acuité visuelle qui était la sienne, et puis de la chance qu'il avait, surtout, Julien. Elle retrouvait un peu d'assise, faisait face à nouveau pour lui inculquer bien solidement cette idée de la chance qui était la sienne, quand même, dans leur malheur, la chance d'avoir des parents qui s'investissaient tant pour l'aider, un père aussi dynamique, quand tant d'autres sourds étaient pensionnaires dans ces internats qu'elle évoquait en frissonnant, et qu'il imaginait aussitôt horriblement froids et obscurs, les enfants sans parole, livrés à eux-mêmes sans aucun moyen de communiquer ni entre eux ni avec leur entourage, se serrant les uns contre les autres, masse confuse aux marches du monde habité.

La première fois que Julien avait vu un groupe de sourds discutant en langue des signes... Oh, il n'avait pas eu besoin d'explications pour comprendre. S'il en avait demandé à sa mère, c'était d'abord pour qu'elle sache qu'il avait vu, qu'il était inutile d'attirer son attention de l'autre côté de la Grand-Place, de lui tirer comme ça sur le bras, il avait immédiatement compris : des sourds ! Des adolescents sourds qui riaient sans parole, comme c'était étrange, il ne comprenait rien mais comme ils allaient vite, comme ils se regardaient, comme ils étaient ensemble ! C'était à Lille, en face du Furet du Nord où Marie-Claude achetait ses livres...

Julien aimait ces jours où ils allaient à Lille, avec leur mère. Exceptionnellement, elle empruntait la DS, et c'était drôle de voir le père partir à l'imprimerie dans la Renault 8, il ressemblait à un ours en cage, trop grand, trop large pour elle. Lille, c'était une heure de route, à peine, on entrait en ville par l'autoroute venant de Dunkerque. Dès qu'il avait eu l'âge, Xavier montait devant. Il commentait. Désobligeant, mais leur mère acceptait de subir son humour, ses remarques, ses sarcasmes ; Julien n'avait pas besoin d'entendre pour deviner la comparaison permanente des chauffeurs à laquelle se livrait son frère... Papa aurait rétrogradé, là, en quatrième à soixante à l'heure ça doit encrasser les carburateurs... Tu ne veux pas mettre les essuie-glaces ? On n'est pas arrivé, si tu ne doubles pas une 2 CV... Lille, longtemps, ce fut d'abord et avant tout le Furet, et le Palais du Vêtement... Marie-Claude équipait les trois enfants, à la fin de l'été, avant la rentrée scolaire, et au début du printemps. Pantalons, vestes, chemises, pulls, manteaux, et jusqu'aux chaussettes Kindy. C'était chaque fois une flopée de vendeurs empressés autour d'elle, les épingles à la bouche. Elle n'était pas comme d'ordinaire, elle devenait loquace, pétulante. Julien ne savait rien de ce qui se disait, s'il comprenait bien les enjeux du combat acharné de Xavier, qui voulait un jean, le pantalon et la veste, mais pas cette horreur en acrylique, c'était simple, si on l'obligeait à porter ça il se roulait par terre. Cela, Julien pouvait le comprendre, depuis des jours que Xavier menait la bataille, à la maison, que sa mère refusait obstinément, d'ailleurs il n'était pas certain qu'il y ait des jeans au Palais du Vêtement, elle ne savait pas même où l'on trouvait ce genre de marchandises. Le père, un soir, de retour, s'était fait expliquer le motif de la tension qui régnait à la table familiale. Xavier tremblait, prêt à monter au front, tous ses copains en jeans, s'il avait l'air ridicule avec ces machins de Tergal ! Jamais il n'aurait cru qu'Yves, de joyeuse humeur, sans doute, au gré des affaires, dirait qu'après tout, s'il y tenait tant, s'il y en avait… Et il y en avait, mais de si grossières imitations !

Comme Françoise trop petite encore pour déroger aux règles de l'habillement selon le goût maternel, Julien, docile, s'en fichait bien, à vrai dire, de ce qu'on lui achetait. Il aimait le toucher des étoffes neuves. Il observait sa mère. Comme elle était belle, virevoltant d'un rayon l'autre, tous ces jeunes messieurs à sa suite, les gardiens du Palais du Vêtement dont elle était la reine, une heure, ou deux, et comme elle pétillait… Il voyait quelque chose d'étrange, il ressentait l'ivresse de l'acheteuse, la puissance qu'en ces lieux l'argent lui conférait, sa position sociale dont elle goûtait là, enfin, la plénitude, plaisantant, heureuse de faire rire les manants. Elle vivait. Nulle part il ne la voyait aussi vivante, que prise ainsi dans l'hystérie de l'achat, d'être absolument le désir des vendeurs, et comme ils savaient y répondre, les vendeurs, montrer leur désir sans jamais empiéter sur le respect dû à Mme Laporte, une de ces clientes si importantes que son mécontentement aurait pu vous renvoyer à la réserve pour six mois.

Il y avait là quelque chose d'infiniment troublant, que Julien essayait de décrypter, s'accrochant aux lèvres de sa mère, qu'est-ce qu'elle pouvait donc bien dire qui l'illuminait à ce point, elle d'ordinaire si pondérée, monotone… Mais elle ne faisait pas attention à lui, au Palais du Vêtement, sinon à la justesse de la taille, glissant sa main dans le bas de son dos, à la longueur des ourlets, elle parlait sans se préoccuper d'offrir ses lèvres à la lecture de Julien. Et quand elle payait, c'était comme un bouquet final, une poussée de fièvre, ou d'adrénaline, elle sortait son chéquier, souvent laissait un pourboire au commis qui patiemment s'était chargé d'occuper Mlle Françoise, la petite sœur, durant toute la scène. Munis de ballons aux armes du Palais, ils sortaient enfin dans la grande rue de Lille, et souvent leur mère les emmenait chez Mer, la célèbre pâtisserie lilloise, où les enfants mangeaient leurs gaufres à la cassonade tandis qu'elle buvait un thé, les yeux redevenus rêveurs, flottants, avant de reprendre la voiture.

Comme il l'a aimée, sa mère… Comme la séparation a été cruelle. Et voilà qu'elle est morte, sans qu'il l'ait jamais revue, sans qu'il ait même songé, ces dernières années, à la revoir. C'est sa tombe qu'il verra tout à l'heure, avec le nom gravé, Marie-Claude Laporte, sa maman. Est-ce qu'il aura seulement la force de se recueillir, si, comme il est probable, cette tombe est aussi celle de son père ? Pourquoi je suis sourd, ce n'est qu'à sa mère qu'il posait la question. Jamais il n'aurait eu l'idée d'interroger son père. Mon père aurait eu de quoi répondre, lui, pourtant, pense-t-il amer, lui qui voulait faire de moi un exemple, faire de ma surdité sa réussite, son triomphe. Le dos qui se bombe encore il sent cogner en lui-même et insister encore et encore cette chose stupéfiante, qu'il croyait avoir dépassée, de n'y plus jamais penser, la haine. La haine rétrospective qu'il a traînée des années durant, à Paris, et même une fois marié, après avoir déménagé près de Poitiers pour y enseigner la langue des signes, après avoir définitivement coupé les ponts, cessé de répondre aux lettres familiales, cessé d'aller chercher ces lettres qui ravivaient chaque fois son ressentiment inextinguible, qui réveillait aussitôt la haine, la haine du père, déjà qu'elle lui revenait si souvent par bouffées, sans prévenir, à suspendre son geste vers la cafetière, le chauffe-biberon, à suffoquer... Il le sait, qu'en français la haine est sourde.

C'est l'une des choses les plus troublantes, dans la manière dont Julien raconte son histoire : pour être viscérale, sa haine aura été rétrospective ; elle n'a commencé à se réaliser qu'une fois parti de la maison, une fois entré dans la communauté des sourds, quand ces derniers ne pouvaient que la nourrir de reconnaître dans ce père un archétype d'ennemi. Comme il s'en était voulu, alors... D'avoir désiré plaire, enfant. D'avoir été un élève modèle. De s'être appliqué, d'avoir fait tous les efforts du monde pour réussir ce qu'on lui demandait : parler, s'exprimer en français. Il s'était juré, en quittant la maison, de ne plus jamais ouvrir la bouche pour communiquer, de ne plus jamais avoir à constater ce rictus de panique ou d'effroi, de dégoût sans doute, chez la plupart de ses interlocuteurs occasionnels, mais il avait toujours été un enfant modèle, au fond, et c'est ce qu'il était resté sa vie durant – ce qu'il était encore, au-delà de la rupture brutale avec son éducation d'un autre âge. Il avait réussi, certes en prenant le contre-pied des projections paternelles, mais il n'en avait pas moins réussi dans son domaine comme son père dans le sien avant lui, avec plus encore de détermination peut-être. D'un zeste de provocation, on pourrait dire que, des trois enfants de la Maison Laporte, c'est lui, au bout du compte, qui porte au plus haut le flambeau familial. Il a réussi dans l'univers de la langue des signes parce qu'il y a mis autant d'énergie, autant de bon vouloir qu'il en mettait autrefois dans les salles d'orthophonie pour satisfaire aux exigences de son père, ce père qu'il a si longtemps admiré, mais qu'il n'aimait pas, comment pourrait-on aimer ce qui vous terrorise ?

C'était toujours, ce serait toujours un bon garçon, lui qui a mis si longtemps pour parvenir à enfouir ses souvenirs humiliants sous une dalle de béton et tenter de construire là-dessus sa nouvelle vie dans une nouvelle langue... Mais comme la dalle de béton bougeait, comme elle tanguait, sur la route de l'enfance... Il avait mis si longtemps, une, deux décennies peut-être, à se pardonner d'avoir été vingt ans durant tellement docile, d'avoir continué à faire tant d'efforts, adolescent, pour arracher à son père un sourire doux comme un caramel en prononçant correctement la phrase attendue, ce père dont toute la région vantait la réussite sociale et le dévouement, et comme il s'occupait de son enfant sourd, et de quelle manière il avait su affronter cette fatalité qui lui était tombée dessus à l'orée de ses quarante ans, la surdité... De quelle manière, là où tant d'autres auraient laissé la mère assumer seule l'éducation de l'enfant pas comme les autres, il avait fait face au contraire, comme toujours, d'une catastrophe tirant un bien, peut-être.

*

Ils s'éloignent du village où les aura sans doute déposés le train de 8 h 30, dans le cahier rouge, chacun l'œil aux aguets se tournant vers les autres avant de lancer des gestes expressifs et fluides à son tour, Sophie, surtout, dont l'enthousiasme semble zébrer le bleu du ciel à façonner les phrases en touches rapides, multipliant les questions de la main ouverte le torse en avant, marquant le point d'interrogation de ses épaules et de ses sourcils arqués, "mais quoi ?", "mais quoi, qu'est-ce qu'il avait dans la tête, ton père, celui-là qui était donc mon grand-père ? Impossible pour moi de le croire, que tu n'as jamais rencontré aucun autre sourd avant d'arriver à Paris ! C'est le néolithique ton histoire ! Et peut-être tu as raison c'était une autre époque et je ne sais pas de quoi je parle et je ne sais pas la chance qui est la mienne d'avoir grandi dans une famille de sourds éclairés, d'avoir pu me construire dans la langue des signes avec tout l'héritage des sourds illustres et blablabla et blablabla, mais moi tu peux me croire je lui aurais remis les idées à l'endroit, à ce grand-père inconnu qui se voulait le héros de la guerre contre les signes au nom de la «parole pure», pfff !", nouveau mouvement d'épaule comme vous diriez tu parles.

Non, de ce père à la stature de commandeur qui occupait à lui seul tout l'espace vital il n'avait jamais parlé à sa fille, et à peine plus à sa femme, qui n'en savait que le peu qu'il lui avait confié aux premiers temps de leur amour. Jusqu'à l'arrivée de cette lettre portant le sceau d'un notaire du pays. La lettre, ce coup de théâtre dans leur vie, de massue pour lui, peut-être… Hélène y songe encore, regardant son mari, ne sachant comment l'aider, il ne veut pas d'évidence, qui rentre la tête dans les épaules comme le boxeur se gardant de croiser le regard de quiconque et surtout pas de son adversaire avant de monter sur le ring, observant le paysage avec méfiance, mais une méfiance tout entière tournée contre lui-même. C'est de lui-même qu'il s'effraie, de ce qu'il sent grouiller en lui, il ne s'y attendait pas, non, il ne s'attendait pas à ce que le paysage provoque autant d'échos intimes, il ne s'attendait pas au bond de cœur que ça lui fait, de reconnaître la croix de Saint-Jean à l'intersection du chemin vers la ferme des Ruhault, celle qu'il désigne du doigt, étonné que son nom lui revienne comme un automatisme, surgi de l'oubli le plus profond, tandis qu'il s'arrête un instant pour parler du cheval des Ruhault, il s'appelait Vaurien, il épelle… Mais ce n'est pas l'invisible cheval d'autrefois que regarde sa femme, c'est lui qu'elle regarde, émue de son émotion, c'est son visage qu'elle scrute, pleine de sollicitude, ce visage sur lequel elle voit glisser comme au théâtre d'ombres d'étranges vibrations qu'il peine à contenir, elle lui effleure le bras, de deux doigts rabattus vers les pouces lui demande, ça va ? nous sommes là, avec toi. C'est elle qui a voulu venir, sa responsabilité... Ce qu'ils ont pu en discuter ! Huit jours, avant qu'il réponde au courrier du notaire. Enfin, qu'il réponde... Il n'a fait que signer. C'est elle qui a écrit la lettre. Huit jours de discussions à se casser les bras. Et les enfants qui s'en mêlaient, incrédules d'abord, puis enthousiastes, dans l'exaltation des révolutions familiales. Un héritage ? Riches ?

Non, pas riches, enfin, pas tant. De l'ancienne fortune familiale il semble bien qu'il ne reste que la maison, une très belle maison de maître que Xavier et Françoise voudraient garder, d'après les quelques lettres qu'ils ont échangées depuis, il faut espérer qu'ils pourront racheter la troisième part. Il a appris tant de nouvelles de l'ancien monde, Julien, en si peu de jours. La faillite brutale de l'imprimerie à la fin des années 1980, la mort de son père, la solitude endeuillée de sa mère, toutes ces années sans nouvelles,

Françoise qui dit s'occuper d'enfants sourds, dans son métier d'assistante sociale... Elle semble gentille et attentionnée, Françoise, dans ses lettres, Hélène et elle ont exactement le même âge, à deux mois près, c'est drôle. Elle s'avance en tout cas, accueillante, lorsqu'elle écrit. C'est Julien qui peine à renouer. Qui refuse Dieu sait pourquoi d'envoyer une photo d'eux tous lorsque Françoise le demande, qui refuse qu'Hélène prévienne de la présence d'une interprète...

Julien, qui voulait tout simplement faire le mort, ce qu'il a dit, ce jour-là, le mort, lui, Hélène horrifiée, mais c'est ta mère qui vient de mourir ! Qui ne voulait pas entendre parler d'hériter quoi que ce soit de ce monde barbare... C'est aussi qu'il ne compte pas, lui. Enfin, Hélène ne sait pas trop, il dit que si, il dit que tout le monde compte, tout le temps, qu'il ne faut pas l'ennuyer avec ça. Serait-on assis sur un tas d'or qu'on continuerait de compter, il dit, non pas pour acheter le pain, mais eux non plus ne comptent pas pour acheter le pain, mais par peur que le tas d'or diminue. Les rentrées attendues ou les dépenses à venir, les crédits à rembourser ou les actions à engranger, c'est toujours compter. Ce n'est qu'à se passionner pour ce que l'on fait, ce qu'on enseigne, ce qu'on lit, ce qu'on écrit, ce qu'on vit, qu'on peut arrêter de passer sa vie dans les comptes et les décomptes et les mécomptes financiers... Ce qu'il dit, Julien, qui se fait sarcastique, à parler de l'hystérie de la consommation, de cette débauche vaine d'argent, c'est insupportable de voir la bêtise gangréner les gens, tous décervelés par la publicité, persuadés de manquer d'argent dès qu'ils ne peuvent pas suivre la surenchère destinée à les plumer, quelle bêtise ! Depuis qu'elle le connaît, avec une obstination presque suspecte il refuse de jamais laisser l'argent interférer dans les choix importants, lui qui ajoute désormais qu'il a vu ses parents rongés par le fric, riches pourtant, jamais assez. Mais il ne sait pas vraiment, comment c'est, tout compter, parfois ça la révolte, Hélène, ce n'est pas lui qui tient la bourse au quotidien, qui prévoit le remplacement de la machine à laver, la rentrée des classes, les étrennes de la femme de ménage qui vient quatre heures par semaine... Et puis, il s'en fiche bien, d'être habillé sans recherche, toujours un jean, des tee-shirts, rien à faire. Tandis qu'elle... Cette petite robe noire qu'elle a vue l'autre jour chez Zara, par exemple. Quatre-vingt-dix-neuf euros, tout de même. Trois jours à estimer qu'il suffisait de rogner sur la dépense, ici, ou là, de compter sur les trois heures supplémentaires dont le règlement devrait tomber fin avril, le soutien scolaire pour les collégiens en difficulté... Trois jours avant d'y renoncer, de toute façon la robe était partie, une autre cliente qui n'aura pas hésité, elle, qui compte peut-être autant, mais avec plus de souplesse, qui s'autorise plus aisément en tout cas. Alors, la lettre du notaire, une maison de maître qu'on pouvait estimer à 600 000 euros, même s'il ne reste que ça des richesses d'antan ! Cette fois elle a vu rouge, à regarder Julien prêt à jeter le courrier à peine avait-il identifié l'en-tête d'un notaire de Saint-Omer... Encore heureux qu'elle l'avait ouvert avant son retour... Le jeter ! Ce n'est pas seulement la mort de sa mère, la grand-mère de leurs enfants, ça lui a fait un choc, à elle qui n'y pensait jamais, mais là, ce papier timbré, officiel, toute une généalogie... C'est aussi qu'il va falloir changer la voiture, acheter un ordinateur personnel à Sophie, à son âge c'est indispensable... Ça revient aux enfants, après tout, cet héritage !

L'honneur des sourds, qui n'ont besoin de l'aide de personne et surtout pas de ceux qui les haïssent… C'était trop d'égoïsme, cette fois elle est intervenue, elle s'est battue, pied à pied. Elle l'aime, Julien, elle éprouve une véritable admiration pour lui, ce qu'il est devenu, pas un simple professeur d'enfants sourds, non, bien plus que ça, un intellectuel sourd, une figure, un modèle, elle admire la façon dont les quelques intellectuels sourds dont il fait partie ont renversé toute la machine, même pour la spectatrice privilégiée qu'elle demeure c'est une partie tellement exaltante qu'ils jouent depuis une vingtaine d'années, procédant exactement *a contrario* de ce qui avait toujours été fait jusqu'alors, en travaillant de manière que les sourds, plutôt que d'être l'objet d'études de spécialistes entendants, prennent à leur tour les entendants comme objet d'études, interrogeant leur réaction lorsqu'ils sont confrontés à la surdité, le pourquoi du comment de ce rejet instinctif aux conséquences historiques si lourdes, ce que Julien appelle la haine inconsciente… Pour autant, certains jours, Hélène se demande… Enfin, je crois, qu'elle se demande, parce qu'elle ne me l'a pas dit, en tout cas pas comme ça, évidemment, j'extrapole, pour avoir cru le deviner entre les signes… elle se demande s'il n'est pas à son tour quelque peu rigide, Julien, ce serait de famille… Oh, de façon très différente de son père, bien sûr. Mais sa manière de parler de l'honneur des sourds, parfois… Elle qui a grandi dans une famille de sourds, qui sait l'histoire, elle est fière d'appartenir à une communauté qui a retrouvé sa culture, son autonomie ; fière d'avoir participé aux côtés de Julien à la construction d'une école qui permet à leurs trois enfants d'étudier dans les deux langues, tous les trois ensemble, ses deux enfants sourds tout comme le dernier qui est entendant, Ruben, de se construire à leur mesure, sans avoir à affronter les difficultés qu'elle-même a connues, certes amoindries, mais persistantes, lorsqu'elle préparait le bachot au cours Morvan, au début des années 1980. La langue des signes y était enfin tolérée mais elle restait cantonnée à la cour de récréation ou aux loisirs…

Elle est fière, mais elle sait bien, tout de même, qu'il en reste tant et tant, des difficultés… N'y aurait-il pour le lui rappeler que ce souvenir indélébile du jour où ils avaient emmené les enfants au cirque, le cirque Gruss, de passage à Poitiers, Alex était tout petit, l'âge où l'on commence à marcher, ils avaient visité la ménagerie, après le spectacle, les fauves, et pendant qu'ils regardaient, que Julien et elle se penchaient sur Sophie questionnant son émerveillement, Alex descendu de sa poussette avait passé les barrières. Elle avait hurlé de sa voix de sourde en découvrant son fils à un mètre des cages, prêt à caresser ces grosses peluches rousses. Elle pouvait bien hurler, et tous les autres spectateurs autour d'eux crier pour rappeler l'enfant, il n'entendait rien, ne regardait que les lions, il avançait, résolu. Ce jour-là pour la seule et unique fois de sa vie, peut-être, ce jour-là elle n'avait pas pu s'empêcher de le penser, que les appareils… ça n'aurait peut-être pas suffi si Alex en avait eu, comme elle en portait enfant lorsqu'elle sortait de la maison, cette horreur d'appareils qui sifflent mais tout de même vous envoient des informations, et puis signalent aux gens comme un panneau sur les routes, inutile de crier, enfant sourd, ça devient visible. Julien avait réagi instantanément, heureusement, sauté la barrière, attrapé l'enfant la main déjà tendue, ce cauchemar qu'elle avait fait, des semaines…

Alors… Elle aussi, elle lutte contre l'emploi du mot de handicap auquel la société voudrait les réduire, les sourds peuvent très bien se débrouiller tout seuls, ils sont nombreux désormais à en être la preuve vivante, mais enfin... D'ici à glisser vers une forme d'intolérance à rebours. À exiger des sourds plus que de personne. À ne pas supporter la moindre faiblesse chez ses enfants. Encore la semaine dernière, quand l'orage s'est emparé de l'appartement, portes qui claquent, gestes déchaînés, hurlements du père vocalisant sa fureur à la bouche déformée, et les yeux de leur fille mutique, en face, qui zébraient l'espace d'éclairs déchirants de rage, insultée... Hélène essayait de s'interposer... calmer le jeu... Julien avait découvert les "plantations" de Sophie... Quelques plans d'herbe ou je ne sais quoi... Cette colère ! Comme s'il ne savait pas que tous les adolescents fument, sourds ou non, qu'il faut les en protéger, évidemment, mais enfin, est-ce qu'il était franchement obligé d'ajouter qu'un sourd en a encore moins le droit qu'un autre parce qu'il ne doit jamais laisser prise au mépris ? Est-ce que ce n'est pas de la reproduction, pour le coup, la reproduction d'une autorité paternelle asphyxiante ?

C'est terrible comme les pères ignorent à quel point leurs colères peuvent terroriser les enfants, il est pourtant bien placé pour le savoir, Julien, qui ne cesse ces derniers jours de raconter la terreur que semait son propre père, d'affirmer qu'il a vécu l'enfance dans une prison de peur, il n'a pas conscience qu'il effraie à son tour ses enfants, parfois. C'est si difficile, être père, mère, sans reproduire à son insu. Rien que de très ordinaire, certes, rien de grave, rien à voir avec sa propre histoire, d'accord, mais il faudrait qu'il réalise, qu'il mesure l'effet qu'il produit, cette puissance qui est la sienne… Il croit qu'il ne fait que se mettre en colère, mais elle-même ne s'interpose qu'avec prudence, parfois. De ces colères à faire trembler les murs… Comme à la poste, l'autre jour, comme ils ont ri, pour le coup, rien que d'y repenser lui arrache un sourire involontaire, sur la route de campagne, Ruben refaisait la scène à n'en plus finir, au dîner, le postier tremblant devant Julien excédé qui le terrorisait sciemment de sa voix de sourd. Il savait la sortir, parfois, sa voix de sourd, il en usait, il en mesurait l'effet. Lui aussi riait de la pantomime de son fils, au dîner, mais la colère lui revenait, de repenser à cet abruti de postier qui avait voulu jouer les malins après avoir remarqué que Ruben tout à la fois parlait à son copain de CM2 et signait avec son père. Plutôt que de faire l'effort de lire le papier sur lequel Julien avait formulé sa demande par écrit, le guichetier avait pris sur lui de héler Ruben, hé, toi, là-bas, vient donc traduire ce sera plus simple. En appeler à l'enfant pour assister le père ! Alors là ! Julien sortant sa voix de sourd, toute la poste qui se retourne... Et quoi vous ne savez pas lire ? Vous pensez qu'un sourd est incapable de se débrouiller tout seul dans un bureau de poste ?! Que les sourds sont des demeurés ? Je vous ai écrit un mot, alors vous répondez, vous savez lire et écrire, non ? Et dépêchez-vous maintenant je suis pressé !

Ils sont là, cependant, elle a obtenu gain de cause, cette fois, ils avancent sur la route de la maison. Elle l'a convaincu, non seulement de répondre, mais de venir, et aussi de parler enfin à ses enfants, d'essayer, d'ouvrir un peu la boîte du passé, d'emmener au moins Sophie avec eux découvrir cette maison, s'il estime Alex et Ruben trop jeunes. On ne peut pas prévoir comment ces retrouvailles vont se passer, c'est un fait, mais il faut leur raconter, désormais, leur expliquer d'où ils viennent, ils ont le droit de savoir. Ça ne suffit plus maintenant, de répondre sans cesse aux enfants qu'il est sans famille depuis ses vingt ans, pas orphelin pour autant, mais alors quoi, alors fermez le ban, sinon pour évoquer une enfance désastreuse sans jamais la décrire, claquant la porte sur une scène demeurant toute noire, derrière. Et la tombe de sa mère… Sa mère, qu'il a aimée, elle le sait, qui vient de mourir. Il ne pouvait pas faire ça ! Pour lui, pour l'image de lui-même, il ne pouvait pas ! Ne l'avoir jamais revue, déjà…

Hélène se demande si elle a eu raison, pourtant, sur la petite route de campagne, alors qu'elle essaie de réconforter Julien. Hier soir, déjà, tellement déboussolé… comme il s'est mis à raconter, à déballer… Ils étaient arrivés tard, à l'hôtel, à Lille, Sophie et Monique partageant l'autre chambre. Des heures à raconter. Des horreurs, bien au-delà de ce qu'elle a jamais soupçonné, qui l'ont amenée à se reprocher, la nuit, tandis qu'enfin Julien s'endormait, à se reprocher son absence de curiosité. Elle avait laissé les années filer à ses côtés. Comme elle aurait dû l'inciter à raconter plus tôt, l'inciter à revenir. Elle s'était satisfaite de si peu, au récit de son enfance ! Elle s'était contentée de ce qu'elle y avait reconnu, qui ressemblait aux récits de son grand-père, de son père, les sourds d'autrefois… Mais là… Elle ne pense pas tant aux discours, à l'idéologie d'Yves Laporte, encore qu'il fallait vraiment être fou, dans les années 1960, pour afficher sur les murs de la salle d'orthophonie les attendus du congrès de Milan, afin que tous les répétiteurs venus faire travailler Julien gardent sans cesse sous les yeux les résolutions finales de Milan.

Milan… Des fous furieux, pourtant, les ayatollahs de la parole pure, des pantins tragiques ! Tout ce discours dont elle connaît le pire par cœur, à force de l'enseigner chaque année à ses élèves du lycée, peinant à croire elle-même à la réalité de la scène historique qu'elle leur présente, tellement grotesque, quand bien même son grand-père à elle était passé par là, son grand-père sauvé par le sport, qui n'avait dû l'acquisition d'une belle langue des signes qu'à son engagement athlétique, lui qui rendait grâce, à la fin de sa vie, au créateur des Jeux olympiques sourds, en 1924, Ruben-Alcais. Son grand-père avait connu à Lyon cette époque où l'on attachait les mains des enfants surpris à émettre des signes, même dans la cour ou le dortoir, leur apprenant qui plus est la délation, sur le principe du "sabot breton" que l'instituteur plaçait sur la table d'un enfant breton ayant commis la faute de parler dans sa langue maternelle, humiliation dont il ne pouvait se débarrasser qu'en dénonçant un de ses camarades coupable de la même faute. Et au nom de quoi ? De la parole pure !

“Le Congrès, considérant l’incontestable supériorité de la parole sur les signes pour rendre le sourd-muet à la société et lui donner une parfaite connaissance de la langue, déclare :

Que le moyen le plus naturel et le plus efficace par lequel le sourd-parlant acquerra la connaissance de la langue est la méthode objective, qui consiste à désigner d’abord par la parole, puis par l’écriture, les objets et les faits mis sous les yeux de l’élève.

Que ces élèves seront absolument séparés des autres sourds-muets, qui étant trop avancés ne peuvent plus être instruits par la parole.”

La parole pure : pure, parce qu’elle devait, non seulement être préservée des signes, mais aussi du recours à l’écrit et même à l’image ; elle devait précéder l’ouverture des livres ! Il fallait que l’enfant soit capable de nommer de vive voix pour avoir le droit de commencer à apprendre à lire, imagine-t-on méthode plus débile ? Et pour viser quoi ? Pour “rendre le sourd à la société” ? Le pire, que le père de Julien s’était gardé d’afficher, d’ailleurs, lui qui n’aimait pas les curés, le pire, c’était l'envolée finale de l'abbé Tarra, la conclusion de ces trois jours durant lesquels a été piétiné l'avenir des sourds sans que personne ne leur accorde le droit d'intervenir : "Messieurs, je vous remercie – et je le redis avec conviction : nous devons bannir les signes qui ne serviront jamais qu'à détruire la langue. Vive la méthode orale qui améliore le sort de la malheureuse et grande famille des sourds-muets en pourvoyant au progrès de l'art, art sublime de sagesse et de charité, la grande et sainte entreprise que nous appelons *la rédemption du sourd-muet*." La rédemption du sourd-muet... Pour racheter, laver quelle espèce de péché qui empoisonnait donc la société, et en l'occurrence la famille ? Le péché d'être sourd comme un onaniste ?

Mais le plus émouvant, dans la chambre d'hôtel, aux yeux d'Hélène regardant son mari tout blanc chercher ses signes, assis au bord du lit, une jambe repliée sous lui, les cheveux qu'elle avait l'impression de voir se redresser par instants, dans la lumière trop faible, c'étaient les récits plus secrets, plus intimes. C'est à cela qu'elle repense, là, marchant, le regardant... La nuit de la lune, ce cousin Pierre, le visage hébété de Julien... Peut-être à cause du regard perdu qu'elle lui devine à nouveau, sur le chemin. Peut-être au souvenir vivace de l'avoir vu, ce regard perdu, la toute première fois qu'elle a croisé Julien, il venait d'arriver à Paris...

Jamais il ne lui avait raconté tant de choses, jamais, même aux premiers jours, après leur rencontre, enfin, leur deuxième rencontre. De la première, elle est seule à se souvenir. Lui ne l'a même pas remarquée, ce jour-là. Mais il avait l'air tellement perdu, précisément ! Il venait d'arriver à Paris...

Hélène avait seize ans, et comme souvent le dimanche son père les avait tous emmenés au Foyer des sourds-muets de Paris, près de la gare de Lyon, une habitude qui commençait à lui peser, à cet âge où elle aurait préféré retrouver ses amis ailleurs, et puis une fois sur trois ça se terminait en bagarre, dans ce foyer, l'alcool, les plaisanteries douteuses entre vieux sourds qui ne s'étaient jamais remis d'une éducation impossible, les conflits récurrents entre oralistes et signeurs... Elle avait remarqué ce grand gars dès qu'elle l'avait vu apparaître, si large dans la porte d'entrée, accompagnant deux autres garçons qu'elle connaissait, des habitués qui faisaient parfois du barouf, la bande des Halles, ceux qui traînaient toujours au Forum, c'est là que ce grand garçon a dû les rencontrer, cherchant des sourds à son arrivée dans la capitale. À moins que ce soit devant Saint-Jacques, ou dans ce café à la mode que son père déteste, vers Opéra, où elle ne va qu'en cachette, rarement, toujours enfumé, irrespirable, son père n'y voit qu'une honte pour la communauté, le conglomérat de jeunes sourds en révolte venus y côtoyer tout ce que Paris compte d'homosexuels en rupture de famille, les uns comme les autres montés à la capitale pour quitter leurs parents, couper les ponts, traîner au bar, fumer en attendant on ne savait trop quelle bonne occasion.

Julien portait encore ses appareils, en entrant dans la grande salle aux murs jaunis, couverts d'affiches. Il n'avait pour lui que l'insolence de son corps, un corps élancé, souple, plein de puissances contenues, le corps d'un homme jeune, et beau, dont il semblait lui-même tout ignorer à un degré étrange, si timide encore dans sa façon de signer, il était presque drôle, à balbutier des mains, il ne signait pas à proprement parler, il mettait les signes les uns derrière les autres, du français signé sinon du petit nègre plus que de la langue des signes. Elle l'observait, étonnée. Elle avait vu toute la scène. Avait ri un peu, d'ailleurs, au début, avant que les acteurs dépassent les bornes. C'était une forme de bizutage, au fond. Les garçons qui accompagnaient Julien s'étaient mis à le moquer de porter ces appareils, sa tête d'extraterrestre, ils mimaient, les mains grotesques autour de la tête... Les appareils, la honte... C'était pour les demi-sels, les dépendants, les incapables de vivre sourds et fiers de l'être ! Ils se moquaient, gentiment, d'abord. Ils buvaient, le faisaient boire. Ses appareils, Julien les portait depuis la petite enfance, c'était sacré, on lui avait appris à quel point, jamais, jamais il n'avait rien fait sans eux, à peine il se réveillait, c'était son premier geste, loger chaque embout dans le conduit de l'oreille, les mettre en place. Et là... s'il fallait les enlever, vraiment... Qu'il le fasse n'avait pas calmé la bande. Allons ! s'il suffisait de les enlever quand il était là, avec eux, dans ce foyer ! Il fallait en finir avec l'appareillage, la médecine, les savants fous. Il fallait les jeter par terre, là, les écraser à coups de chaussure, voilà ce qu'il devait faire s'il voulait se montrer un sourd digne de ce nom !

La mère d'Hélène avait tapé l'épaule de son mari, signé son indignation, il faut intervenir, ce pauvre garçon... mais le père avait haussé les épaules. Ça devenait pénible, ces bandes d'énergumènes qui envahissaient le foyer, les débauches d'alcool, et trop souvent la police, les fermetures pour troubles à l'ordre public de plus en plus fréquentes. Il a donné le signal du départ, Hélène n'a pas demandé son reste mais elle s'est retournée une dernière fois, dans l'encadrement de la porte. Ce grand garçon qui semblait avoir brisé l'équilibre d'avoir trop bu ou d'avoir perdu tous ses repères, d'avoir marché sur une partie de lui-même, des éclats de plastique, par terre. Il était égaré, sans ses appareils, l'équilibre lui manquait, c'était manifeste, il louvoyait, tournoyait sur lui-même avec un rire idiot, un rire qui déchaînait la joie des imbéciles, autour de lui, le relançant comme une toupie au prétexte d'applaudir à sa libération. Julien, tournoyant, ivre de haine, certes pas contre ses bourreaux d'une soirée, mais contre son père, forcément, puisque c'était lui, le grand coupable, le seul, à jamais.

Elle ne l'avait revu que trois ans plus tard. Ça alors ! Il semblait comme délié, s'exprimant avec aisance dans une langue fluide, parfaite, vous auriez cru un sourd de naissance, enfin, elle veut dire, vous auriez certifié que la langue des signes était sa langue maternelle. Il discutait avec Alfredo Corrado et quelques autres de l'International Visual Theater, il discutait comme chez lui, à l'IVT, qui était encore logé au château de Vincennes où Corrado l'avait créé avec un metteur en scène français, Jean Grémion. Américain, comédien professionnel et sourd, Corrado initiait le grand renouveau de la communauté sourde française. Avec lui, la langue des signes et son héritage culturel venaient de retraverser l'Atlantique dans l'autre sens, cent cinquante ans après que Laurent Clerc y avait initié les sourds américains. Corrado, Grémion… des légendes, déjà, qu'Hélène et quelques autres du cours Morvan venaient aider, admirer, après les cours, découvrant le théâtre visuel. Et voilà qu'elle retrouvait ce grand garçon perdu parlant avec Corrado de l'histoire des sourds, intéressant le maître ! Elle était tombée amoureuse, radicalement, sur-le-champ. Au point de s'avancer, elle peinait elle-même à imaginer qu'elle en avait été capable, de s'avancer aussitôt vers Julien, lui toucher le bras, bonjour, nous nous sommes déjà vus, je suis stupéfaite, je m'appelle Hélène, ou plus exactement de lui montrer son signe, et toi ? Lui, c'était le geste d'arracher l'appareil et le jeter par terre, qu'on lui avait donné comme signe propre, à son arrivée à Paris, qui lui était resté…

Elle ne l'a jamais regretté, pas une seconde. Et les voilà sur cette route de campagne… Elle voudrait l'aider, mais elle sent qu'il vaut mieux ne pas insister, ni du regard ni des gestes, qu'il vaut mieux se détourner pudiquement, toussoter et revenir à la conversation, répondre à sa fille ou plutôt lui demander pour la centième fois peut-être de se calmer, bien obligée de reconnaître d'un mouvement d'épaule que, non, elle non plus ne sait rien ou presque de cette maison d'enfance vers laquelle ils marchent pleins d'allant, qu'elle n'en sait pas davantage sur cet oncle et cette tante qui les attendent pour faire enfin connaissance, disent-ils, et régler l'héritage, surtout, ajoute-t-elle. La mère et la fille rient une fois de plus à ce constat et repartent en s'étonnant de concert d'avoir si longtemps trouvé normale, au quotidien des jours, l'ignorance où elles sont de cette maison, de cette famille, de cette enfance livrée à la manie d'un père dominateur et convaincu d'agir au mieux, pour le bien de son fils, des sourds, de l'humanité pourquoi non. Pour produire un sourd nouveau, comme d'autres avaient désiré produire un homme nouveau, au XXe siècle. Un sourd nouveau, par haine inconsciente de la surdité, ou de l'humanité, de sa faiblesse, son insupportable faiblesse, peut-être.

7

LA CABANE AUX SIGNES

OU BIEN j'ai tout rêvé, Julien Laporte sur la route… Je ne peux pas écarter l'hypothèse d'un revers de manche. J'ai cru écrire sur le cahier rouge mais sans passer à l'acte à ne rien faire d'autre en vérité que siroter encore et encore le vin et le fantasme, dans la maison endormie ? Des jours qu'entre deux lignes je cherche le cahier, m'obstine, sans plus savoir ce qu'il faut redouter de pire : le plus grave est-il que j'en vienne à douter d'avoir vraiment écrit ce que je me souviens d'avoir écrit, et autant dire, d'avoir vraiment vécu ce que j'ai vécu un soir que je sirotais trop de vin tout comme les jours précédents menant l'enquête, ou bien que le cahier rouge pour être bien réel reste introuvable, perdu à jamais peut-être ?

Ou bien je suis le jouet de ma mémoire… Aurais-je écrit, non pas sur un cahier, mais au risque de feuilles volantes, ce soir-là, comme il m'arrive, parfois, dans l'euphorie de l'instant, lorsque à ruminer depuis des jours une histoire impossible la phrase subitement s'en libère, me jetant sur le premier support disponible pour la transcrire – ces moments d'euphorie si rares hélas durant lesquels écrire tient du jeu d'enfant tant l'encre est sympathique, et la main qui avance semble penser sinon parler par elle-même, ou, plus exactement, révéler des lignes encore invisibles mais qui la précèdent, déjà tracées au secret de la page. Quand je pense avec les mains, que la langue descend par tout le corps, emporte tout...

Quelle folie, cependant, de se laisser enivrer ainsi par l'aquaplaning un sourire idiot aux lèvres, d'oublier la pesanteur du passé et le risque de l'avenir, de noircir des feuilles à peine numérotées sans se soucier de les ranger, susceptibles qu'elles sont aussitôt d'accompagner à la poubelle les factures et les enveloppes vides ou les listes de courses un jour de tri expéditif...

Je les avais pourtant menés jusqu'à l'entrée du parc, ce soir-là, mes personnages, je m'en souviens... À la grille, là où le groupe s'arrêtait, où Sophie exclamait sans réserve son ébahissement devant la grande maison de maître et ses dépendances, où Monique multipliait les questions, et où était ta chambre, et le grand bâtiment, là, c'est quoi, des écuries ? avant qu'Hélène montre du doigt une cabane, dans les arbres, est-ce que ce serait la cabane dont Julien lui a parlé la veille ?

La cabane ! Toujours debout, elle tient donc du miracle ! Il l'a construite avec Xavier, l'été de ses quatorze ans. Enfin, avec Xavier… Sous ses ordres, plutôt : Xavier décidait, faisait les plans, Julien exécutait, sciait, portait, clouait. Ils avaient fait du bon boulot, n'empêche ! Du solide ! Xavier se vengeait, peut-être, en l'entraînant dans la construction d'une cabane de plus en plus ambitieuse, avec passerelles, échelles de corde, deux niveaux… C'est qu'il était tellement furieux, cet été-là, cloué à la maison, privé de sa mobylette par la faute de son frère, évidemment. Une superbe mobylette jaune, avec les gros clignotants orange comme des élytres, mais cassée, placée aux arrêts de rigueur dans la remise… C'est que Julien en rêvait, d'une mobylette, il avait quatorze ans, Xavier avait eu la sienne pour son anniversaire au même âge, mais lui… sans grande surprise, à peine il s'était risqué à poser la question, une mobylette ? Tu n'y penses pas ! Tu ne peux pas, tu es sourd ! Tu n'entendrais même pas les camions, c'est bien trop dangereux !

À mobylette, un casque sur les oreilles, le poignet cassé pour mettre les gaz à fond, qui aurait pu savoir qu'il était sourd ? Le roi du monde ! Il en rêvait, de se sentir comme les autres, au guidon, toute cette puissance entre les jambes. Comme les garçons du village lorsqu'ils passaient en trombe, sur leurs engins débridés, la bande des garçons du village qui se retrouvaient devant la mairie, les cigarettes qu'ils fumaient sur la selle de leurs mobylettes béquillées, en blue-jeans, reluquant les filles. Julien les connaissait depuis l'école primaire. Il y avait Éric, parmi la bande, son copain d'enfance, disaient les parents, parce qu'il venait parfois le mercredi, le samedi. Ses parents l'accueillaient avec des exclamations de plaisir, insistant sur le mot copain à n'en plus finir, quand à dire vrai le fils du receveur venait surtout pour goûter… Des goûters comme il n'en avait jamais vu chez lui. Cacao Van Houten, brioche, miel… Comme je suis fier, que tu te sois enfin fait un copain, disait son père tout content devant Éric qui souriait bêtement, patientant dans la salle de jeux en attendant le goûter de Mme Laporte. Il a l'air très bien, ce garçon, il ira loin ! Il est très gentil, en tout cas, bien élevé, ajoutait Marie-Claude. Cinq ans plus tard, avec sa mobylette, Éric n'allait pas beaucoup plus loin que la place de la Mairie. Il semblait bien qu'il ne reconnaissait même pas Julien, à se demander s'il le voyait, quand Julien trop bien habillé passait par là, sur ses pieds.

Alors il avait emprunté la mobylette de son frère, un après-midi, en cachette, pour voir, pour essayer. Et quelle honte... Quelle honte, parce qu'il avait démarré, tourné la poignée tout en basculant la béquille, et il s'était senti partir à toute allure, les jambes en arrière, accroché au guidon, à la poignée d'accélérateur qu'il ne pouvait plus lâcher, zigzaguant jusque dans les bosquets, une chute ! Des bleus pendant quinze jours, et la fourche avant de la mobylette architordue... Leur père avait refusé de réparer, Xavier passant à la moulinette de la colère paternelle comme son frère, s'il n'avait pas laissé les clés dessus, il savait pourtant bien comment son petit frère en bavait d'envie, d'une mobylette, lui qui ne pouvait pas, il est sourd. Ce qu'il raconte, à Hélène, Sophie... Tout de même, qu'elle soit toujours debout, la cabane, vingt-cinq ans après ! Et entretenue, avec ça. Mieux entretenue que le reste du jardin, que la maison, qui a pris un sale coup de vieux, incroyable, les murs qui n'ont pas été repeints depuis Dieu sait quand, les volets et les fenêtres écaillés, le gravier dont il ne reste que des traces grisâtres, les tuiles qui manquent au toit des écuries... Un air de tristesse et de désarroi règne sur la maison Laporte, elle ne se ressemble plus tout à fait, comme une personne qu'on croise après une maladie sévère, qui vous dit que le plus dur est passé, mais Dieu que ça porte au visage, et ça lui fait tout drôle, l'état de la maison, là, Julien...

Il se demande, qui a entretenu cette cabane, toutes ces années, sa cabane dans les arbres, qu'ils avaient construite à deux, mais qu'il s'était appropriée, ensuite. Il y passait des heures, seule Françoise venait l'y rejoindre, parfois, réclamant des histoires dessinées. C'est là qu'il a rêvé son départ, ensuite, puis décidé de fuir. La cabane, le lieu de l'exil, un enclos protégé où ses parents ne montaient jamais, un lieu affranchi de la tyrannie de la parole, à l'écart de la maison tout entière dévolue à l'oralisme, là où il avait lu à l'abri des regards les livres interdits, découvrant Ferdinand Berthier, Laurent Clerc, voyageant déjà, autonome, projetant sa vie ailleurs, là où l'on signait, d'abord sur le mode de la rêverie, mais une rêverie qui s'était révélée tellement enivrante qu'elle avait bientôt exigé de devenir vraie, qu'est-ce qui pourrait bien ne pas exister un peu, une fois qu'on l'a rêvé si fort ! La cabane, où il fantasmait la langue des signes, essayant de comprendre, d'imaginer ce que ce pouvait être, parler avec les mains, quelle drôle de chose, si naturelle pourtant, lapin, cheval, mobylette, cigarette, fille, garçon… Il regardait ses mains, il inventait un signe, un autre… Depuis la Grand-Place de Lille, il avait aperçu quelquefois des sourds signant, mais si peu, il n'aurait même pas su dire merci correctement, ça ne l'empêchait pas de se lancer. Il avait même apporté un miroir, dans la cabane, pour signer tout seul, signer à lui-même, il le raconte en rigolant à Hélène et Sophie, vous vous rendez compte ? Une langue inventée de toutes pièces, imaginaire, pour soi seul. Il se racontait des histoires, et comme on aborde une fille, dans cette langue-là ? N'importe quoi, c'était absolument n'importe quoi… Il aimerait bien, aujourd'hui, savoir ce qu'il avait pu inventer, comme signes, il a tout oublié, à part l'amour : les deux mains sur le cœur qui s'ouvre vers la fille qui vous regarde, au-delà du miroir.

*

La cabane, aussi curieux que cela pourra paraître, j'ai toujours su qu'elle était là, solide, rafistolée chaque été par les enfants de Françoise et Xavier dans l'ignorance du symbole qu'ils entretenaient ainsi. J'ai toujours su qu'elle attendait le retour de Julien, vingt-cinq ans après sa fuite, et le bond au cœur que ça lui ferait de la revoir, après avoir parcouru à pied le chemin depuis la gare, il en perd les signes, de la retrouver, ne sait plus comment dire à sa femme, à sa fille, la cabane aux signes ! Intacte, à trente mètres de la maison des mots délabrée...

Cette vision est intacte. Elle a surgi, immédiate, alors que je rentrais chez moi, à l'issue de l'un des ateliers que j'ai animés, à l'IVT, en 2008, avec des comédiens sourds et la complicité active d'Emmanuelle Laborit, qui dirige le théâtre et son équipe, une dizaine de salariés sourds et entendants, depuis que l'IVT a quitté le château de Vincennes pour s'installer dans un très joli lieu, l'ancien Grand Guignol de la cité Chaptal, dans le 9e arrondissement de Paris. J'en sortais donc, une fin d'après-midi, à l'issue de l'atelier où pour la première fois l'histoire de Julien Laporte a émergé de nos échanges ; j'y repensais, marchant vers le métro, quand subitement je l'ai vu, son pas vif sur la route du retour, revenant au bercail solder l'héritage, tout l'héritage, celui de la guerre contre les signes, aussi, et d'emblée la cabane était là, devant lui, à s'ébahir sur place.

Au théâtre, nous avions le projet encore très vague d'une pièce de théâtre mêlant le français et la langue des signes, pièce qui a été créée depuis, et j'avais, à plus brève échéance, celui d'une fiction radiophonique racontant le congrès de Milan. C'était un curieux paradoxe, évidemment, que de vouloir travailler avec des sourds afin d'écrire ce qu'ils ne pouvaient seulement pas imaginer, qui n'a pas d'images, une fiction radiophonique, et il leur a fallu un moment pour se mettre d'accord sur le signe qu'ils emploieraient afin de désigner cette chose, une histoire invisible. Il me semblait impossible, cependant, de raconter le congrès de Milan sans les associer au récit de cet événement tragique à la suite duquel ils ont été dépossédés de leur propre histoire, précisément – et les y associer jusqu'au bout, puisque le jour où *Journées noires pour les sourds* a été enregistré, dans les studios de Radio-France, plusieurs d'entre eux étaient là, signant devant les micros ouverts tandis que deux interprètes traduisaient leurs échanges silencieux, dont passe pourtant, à l'antenne, l'ombre ductile, le bruit des bracelets d'Elën Séau, les grognements d'indignation de Victor Abbou évoquant les orthophonistes d'autrefois…

Pour l'heure, et grâce aux deux interprètes qui se relayaient pour signer ce que je disais et dire ce que signaient les comédiens, je découvrais à l'IVT le monde des sourds qui ont résolument choisi de vivre dans la langue des signes, un monde d'une altérité radicale, un monde où l'on pense avec les mains, un monde parfois violent, aussi, de s'être construit en réaction à une société intolérante sinon raciste, un monde très vite et terriblement attachant, où l'on réalise, entre mille choses, que ce que disait William Blake n'est pas une fantasmagorie – il y a des choses qu'on peut connaître et d'autres non ; entre les deux il y a des portes, les portes de la perception.

Je regardais, je questionnais, j'écoutais, durant ces ateliers, essayant de rétablir à l'aide des quelques signes que je maîtrise le lien entre les gestes des participants et les mots que prononçaient les interprètes, m'habituant peu à peu au léger mais inévitable décalage entre l'image et le son, entre le mouvement de celui qui signe et la traduction par l'interprète du sens de son expression. J'essayais de deviner les écarts aussi, entre les deux langues, ce qui est bien plus difficile. Je les questionnais sur la façon dont ils avaient appris l'existence du congrès de Milan, mais aussi sur leur manière de rêver, en langue des signes, affirment-ils, s'il leur arrive ou non et par exemple de commettre des lapsus, dans leur langue, quand deux signes tout proches disent des choses différentes… Essayant de dépasser mon ignorance qui demeure malgré mon apprentissage balbutiant de cette langue et sa syntaxe si déroutante, j'étais impressionné par la fluidité expressive des discours signés, la capacité de mes interlocuteurs à appréhender des questions abstraites aussi bien qu'à se raconter avec un plaisir et une liberté manifestes dans l'expression physique des affects fondamentaux que les entendants atteignent rarement au philtre des mots. Mais j'étais plus impressionné encore par la matière même du récit que fit chacun de son existence.

Emmanuelle Laborit avait réuni autour d'elle des comédiens aux itinéraires d'autant plus différents qu'ils avaient ou non subi l'interdiction de la langue des signes dans leur éducation – seuls les deux plus jeunes y avaient échappé – et qu'ils avaient ou non grandi dans une famille sourde. D'un extrême à l'autre, il y avait aussi bien Elën, donc, une jeune femme de vingt ans au port altier qui venait de rentrer du Danemark où elle a étudié trois ans durant les sciences de l'éducation dans sa langue maternelle, que Victor, un homme de soixante-cinq ans placé à l'Assistance publique à un an, où il a subi de plein fouet l'éducation bornée des oralistes encore convaincus, dans l'après-guerre. Il doit tout au théâtre, lui qui raconte volontiers n'avoir appris qu'il s'appelait Victor qu'à l'âge de sept ans, découvrant qu'il portait un prénom et pas seulement le chiffre 19 marqué sur ses habits, son lit, sa gamelle…

Dans le groupe, il y avait aussi Bachir, et je m'étais très vite senti particulièrement avide des moments où Bachir prendrait la parole entre ses mains agiles. L'intelligence à fleur de visage, les yeux mobiles et pleins d'éclairs, Bachir est arrivé en France en 1971, à trois ans, seul sourd de sa famille, quatrième des sept enfants d'un ouvrier algérien qui ne savait ni lire ni écrire et parlait un français laborieux. De Bachir, c'est peu de dire qu'il s'est battu. Il s'est battu jusqu'à devenir professeur pour enfants sourds, comme Julien, avant de se battre pour imposer son droit à n'enseigner qu'en langue des signes, dès que la loi enfin votée en 1991 le lui a permis, à l'époque où il militait au sein des "sourds en colère", participant volontiers aux commandos qui ont semé l'effroi dans quelques congrès médicaux, à la fin des années 1980. Il s'est battu, enfin, pour réussir au théâtre, après avoir goûté l'ivresse de la scène, d'un public suspendu à ses mains et à ses yeux, et il est désormais l'un des rares qui en vivent pleinement. Un comédien exceptionnel, généreux, convaincu, drôle.

C'est lui qui le premier a fait rebondir nos discussions sur le nom de Julien Laporte, et ses yeux lançaient des flammes chaudes et joyeuses, tant lui plaisait l'idée que nous nous emparions de cette histoire. C'est encore lui qui a levé mes propres réticences. Bien sûr, que c'est fréquent, les sourds qui ont rompu définitivement avec leur famille ! Il insistait de toute la puissance de son visage rigolard, ravi de la stupéfaction que je ne dissimulais pas après avoir écouté Chantal Dumas, venue nous raconter sa propre fuite du domicile familial, à vingt ans, à l'instigation de

Bachir. Il n'y a pas que Chantal qui pourrait nous raconter une histoire proche de celle de Julien, ajoutait-il. Il y avait tant d'adolescents, à la fin des années 1970, au long des années 1980, pour fuir un environnement familial conquis à l'oralisme, pour monter à Paris s'y approprier la langue des signes. Ce n'est pas un hasard si ces années ont été celles du renouveau de la culture sourde, après la prise de conscience que Mai 1968 a signifiée pour nous aussi. Il en venait de partout, des sourds éduqués dans la parole, va savoir comment ils avaient eu connaissance du mouvement en train de naître. Beaucoup se retrouvaient au Forum des Halles, dès qu'il a été inauguré, en 1979, et bien avant déjà au Royal Opéra, le grand café ouvert jour et nuit qui fait l'angle avec la rue des Pyramides, un repère d'homos et de sourds, à l'époque... Parce que, les homos, c'est la même histoire pour beaucoup d'entre eux, poursuivait Bachir. Combien ont quitté brutalement leur famille, à dix-huit ou dix-neuf ans, à cette époque où c'était encore impossible de se dire homo, une telle honte des familles, vous disiez homo vous disiez sous-homme, c'était comme sourd, au fond, moitié d'hommes, alors ils préféraient partir, sans donner de nouvelles, qu'on ne les retrouve pas mais qu'on les laisse vivre enfin, sans émettre le moindre signe de vie pendant des années, disparaître à jamais, parfois, quand la rupture avait été violente, que les parents avaient chassé leur enfant pédé ! Les jeunes sourds en rupture, les homos en perdition, il était logique que tous ces gens se retrouvent, dans le Paris de cette époque. Les deux communautés ont émergé publiquement et se sont construites en parallèle, tu sais bien qu'après, quand nous avons créé le mouvement des sourds en colère, nous avons largement profité des méthodes d'Act Up... Au Royal Opéra, qui ne fermait jamais, il fallait voir le spectacle ! Un repère de gigolos, de fêtards et de sourds, la plupart défoncés... C'était parfois très limite, mais c'était la fête, aussi. On s'amusait bien. Alors, non, je t'assure, l'histoire de Julien n'a rien d'extraordinaire, en l'occurrence, la rupture était fréquente, à cette époque, j'aurais pu inviter dix autres personnes à venir témoigner d'une histoire proche de la sienne ou de celle de Chantal.

Chantal Dumas... Une très belle femme au regard malicieux, les cheveux sagement attachés, la langue des signes souple et ample qui fait sonner une multitude de bracelets colorés à ses poignets… Elle a grandi dans le pays des mines, les corons du nord de la France, ce monde noir et rouge de terrils et de petites maisons de brique. Elle aussi était le seul enfant sourd d'une famille de trois. Elle allait à l'école du village, à la fin des années 1950, dans les années 1960, et sa mère l'emmenait toutes les semaines à Lens par l'autocar y suivre des leçons d'orthophonie, apprendre à parler, à obéir au guide-langue que l'orthophoniste lui enfournait dans la bouche afin qu'elle reproduise des sons qu'elle ne pouvait pas reconnaître, ne les ayant jamais entendus, malgré les appareils qu'elle portait aux deux oreilles, qui sans cesse sifflaient, tombaient en panne, nécessitaient de nouveaux réglages, de nouvelles visites à l'hôpital ou chez l'audioprothésiste. Mais ce n'est pas tant cette difficulté si ordinaire à leurs yeux que les comédiens voulaient que Chantal raconte, c'était plutôt le sursaut, à vingt et un ans, qui avait provoqué son arrachement d'un foyer dont elle était le centre, bénéficiant de l'inlassable affection maternelle depuis la petite enfance, depuis que, chaque soir, chaque matin, l'habillant, la déshabillant, d'abord sur la table à langer puis au pied de son lit d'enfant, sa mère lui inculquait les mots du quotidien en détachant chaque syllabe, les lui faisait répéter, des heures et des heures durant, assumant sa charge du mieux qu'elle le pouvait.

Aujourd'hui Chantal voit bien le dévouement que montrait sa mère, on peut même en rire, toutes les deux, dit-elle, quand je retourne la voir, que je la découvre si fière d'avoir une fille comédienne, au point de collectionner les coupures de presse me concernant. C'est aussi grâce à elle, d'ailleurs, à l'éducation que j'ai reçue ; j'aime qu'elle le pense, et je lui donne raison. Mais à vingt ans, j'étouffais, j'étouffais au point d'ignorer moi-même que j'étouffais depuis toujours, n'ayant même pas le moyen d'en prendre conscience. Ma mère me protégeait du monde entier. Elle avait peur de tout, de tout ce qui aurait pu m'arriver. Qu'il ne m'arrive rien… voilà ce qu'elle souhaitait sans cesse. Qu'il ne m'arrive rien… Alors que j'aurais tant voulu qu'il m'arrive enfin quelque chose ! Parce que, justement, rien ne m'arrivait, jamais ! Rien n'aurait pu m'arriver, surtout après que j'ai quitté l'école, une fois obtenu mon CAP de couture, je travaillais avec elle, couturière à domicile, pendant que mon père descendait à la mine. À la maison jour et nuit… Plus que tout, elle avait peur de ce que je deviendrais quand elle ne serait plus là pour me soutenir. Son regard sur moi portait ce poids en permanence, toute la crainte de l'avenir, c'était insupportable… C'est qu'à force de me regarder en se demandant ce que j'allais devenir sans elle, livrée à moi-même, à force de poser cette équation elle avait fini par égaliser les deux termes, sa fille, la mort. Et en attendant elle avait peur de tout. Elle avait peur que je me fasse flouer par le premier venu. Et je ne parle pas des garçons… Tout homme qui s'intéressait à moi était susceptible à ses yeux de vouloir abuser de mon infirmité. J'avais très peu de relations avec l'extérieur, et si je parlais suffisamment bien pour me faire comprendre au sein de la famille, je gardais lèvres closes le reste du temps, sans même m'adresser aux clients ou aux fournisseurs. Rétrospectivement, j'y vois un avantage : j'ai lu beaucoup, ces années-là, j'avais la chance d'y arriver sans les difficultés que rencontrent beaucoup de sourds dont l'éducation a été tellement bâclée qu'ils peinent à lire. Mais pour le reste, je voyais mes sœurs s'amuser, fréquenter des garçons, ma sœur aînée mais aussi Florence, la plus jeune… Ce n'était pas pour moi, j'étais sourde. Jusqu'au jour où j'ai insisté pour les accompagner au bal d'un village voisin...

Chantal avait vingt et un ans, elle venait d'être majeure, et sa mère qui n'éprouvait pas d'urgence à le lui apprendre avait pourtant dû s'y résoudre lorsqu'il avait fallu refaire des papiers d'identité. Comme d'ordinaire c'était elle qui parlait, au guichet de la mairie, qui se tournait vers sa fille pour lui répéter en articulant distinctement les informations essentielles, mais sa fille, ce jour-là, avait très bien compris même ce que sa mère n'avait pas répété : très bien compris que la présence maternelle n'aurait pas été nécessaire, que c'était elle et uniquement elle qui avait à remplir les formulaires, signer la demande. Elle avait compris qu'elle avait atteint l'âge adulte, qu'elle était libre, ce que signifiait la majorité.

Elle s'était bien amusée, ce soir-là, son premier bal – elle me l'a confié, tout sourire, après la fin de l'atelier, alors que nous buvions un verre. Elle s'était sentie belle, plus belle encore que ses sœurs, dans les regards des garçons, et je veux bien la croire, tant à soixante ans elle garde entière cette beauté, traduite dans un autre âge de la vie, d'autant plus flagrante. Elle dansait. Plus la soirée avançait plus elle en prenait conscience : le bal était un endroit pour elle, absolument ; un endroit où la musique est si forte que ses vibrations vous traversent, vous donnent le rythme et bien assez pour suivre le mouvement de la danse une fois qu'elle a eu enlevé ses appareils inaptes à tant de puissance sonore. Les garçons lui offraient un verre. Dans la musique assourdissante, ils étaient aussi sourds qu'elle, et même bien plus démunis, qui hurlaient sans être sûrs d'être compris mais les lèvres parfaitement lisibles, tandis qu'ils ne risquaient pas de noter la bizarrerie de sa voix, tant qu'elle ne parlait pas entre les morceaux. Elle parlait peu de toute façon. Ils voulaient les uns après les autres l'entraîner dans les sentiers alentours. Elle riait. Elle repartait danser. Elle avait embrassé un grand type en blouson de cuir, sur un slow de Johnny Hallyday. Ses sœurs, un peu offusquées par la facilité avec laquelle elle donnait sa bouche au premier bal, affolées par la responsabilité qu'elles croyaient avoir, avaient eu bien du mal à l'arracher à la piste. L'heure de l'autorisation maternelle était passée depuis longtemps, lorsqu'elles sont rentrées toutes les trois à vélo, Chantal, le souffle coupé de tout ce qui venait de lui arriver, des images de musique plein la tête, le goût des bras solides du garçon, ses lèvres, l'envie de rire, de rire…

La sœur aînée avait tourné la clé le plus discrètement possible, mais la porte une fois ouverte cette discrétion n'avait fait qu'accentuer le malaise : la mère était là, en robe de chambre et en cheveux, l'œil encore effaré des contrées effrayantes qu'elle venait de traverser, à attendre ses filles. À la vue de Chantal, l'inquiétude qui la ravageait depuis deux heures qu'était passée la limite fixée s'est muée en une colère dévastatrice. Debout, épuisée, c'en était trop de voir Chantal affichant tellement de joie encore au visage, et pas le moindre regret ou la moindre tentative d'excuse !

Si l'on coupe le son, la scène est on ne peut plus ordinaire. Quel parent, quel enfant n'a vécu cela une fois ? L'attente angoissée du premier, le retour qui se serait préféré discret du second. La mère est derrière la porte de la petite maison de brique, dans l'entrée, assise, en chemise de nuit. Elle s'est relevée à minuit, a constaté que sa fille n'est pas rentrée. Elle a hésité entre fureur et inquiétude. Tout ce qui pouvait lui être arrivé. Une mauvaise rencontre. Un abus sexuel. Un crime. La peur monte. La peur se double de la colère de n'être pas obéie, elle se moque de moi, elle ne tient aucun compte de mes efforts, de ma confiance, elle s'en fiche, elle va aller se faire violer, se faire tuer, qui sait, tantôt la peur l'emporte, tantôt la colère, les deux sentiments luttent l'un contre l'autre, se dédoublent, se nourrissent, rebondissent dans une prière muette et inutile, Chantal mais rentre donc tu ne sens donc pas l'angoisse où je suis, tout ce qui peut t'arriver, si fragile, si… Enfin la clé tourne, tout doucement. La mère bondit sur ses pieds. Les deux sœurs glissent de part et d'autre du rempart maternel, sans demander leur reste, vers l'escalier. Chantal suit. Elle avance. Mais sa mère obstrue le passage. Tu n'as donc aucun respect ? Aucun respect pour ta mère ? Je me dévoue, vingt ans que je me dévoue pour toi, et voilà le résultat ! Mais regarde ! Regarde-toi ! Ton chemisier est ouvert, ma fille. Si tu crois qu'à te donner en spectacle comme ça tu pourras trouver un mari un jour pour s'occuper de toi !

C'est justement parce qu'elle est soulagée de retrouver sa fille que la mère passe les bornes, au relâchement élastique de l'angoisse. Elle crie. Elle insulte, ou peu s'en faut. Et comme Chantal garde un air buté, refuse de reconnaître illico ses torts, prétend qu'elle n'a rien fait de mal, qu'elle a le droit de sortir, de s'amuser, qu'elle travaille assez pour ça, la mère lève la main avant même d'en prendre conscience, une gifle monumentale s'abat. Va te coucher. La première gifle de sa vie, la dernière. Elles tremblent toutes les deux. Chantal, la main sur sa joue, révulsée. La mère au bord des larmes. Regrettant déjà son geste. Refusant de le regretter ouvertement. Va te coucher, on en reparle demain matin.

Au matin, la chambre était vide. C'est l'horrible chanson du *Pont du Nord*, au fond, mais inversée – ma fille tu n'iras pas danser, personne n'est mort cette fois, seule la mère s'est effondrée… Chantal avait emporté quelques vêtements, deux ou trois livres, la tirelire dans laquelle, depuis vingt ans, la mère accumulait l'allocation familiale au titre de l'enfance handicapée, qu'elle avait trop de scrupule pour dépenser. Une belle somme, en vingt ans. De quoi se sentir des ailes. Voyager. Et pourquoi pas au hasard, c'est ce qu'elle raconte, Chantal : elle a ouvert son vieil atlas, dans la chambre, posé le doigt à l'aveugle avant de regarder la destination qui serait donc la sienne, Dakar. Elle est partie, le bus, le train à Lille, Orly… Elle est partie, seule, pour Dakar, où elle a passé trois ans à s'amuser, il semble, et plus de six mois avant de se décider à envoyer une carte postale à sa mère. Une carte postée de Dakar... Grands dieux !

Chantal racontait comme on raconte une histoire ordinaire, qui n'est jamais que la sienne, d'autant qu'elle ne voulait surtout pas encourager mon étonnement, et quoi, elle n'est tout de même pas la première à voyager seule, à vingt ans ! Bachir s'amusait. Mais oui, l'histoire de Chantal est impressionnante, mais il y en a tant, des histoires de rupture comme celle-là, moins spectaculaires peut-être parce que tout le monde n'a pas le cran de partir aussi loin que Dakar, ça c'est Chantal, mais rompre, se sauver, il y en a beaucoup, je t'assure ! Tiens, ton Julien Laporte... il se tourne vers les autres comédiens... Vous savez que j'ai pensé à lui, l'autre jour, à Saint-Jacques ? Il y avait un colloque sur le handicap incident, il aurait très bien pu y être invité... Le quoi, j'ai demandé ? Le handicap incident, c'est-à-dire la mise en crise de la notion de handicap à propos de surdité, ou plutôt son renversement – par exemple, tu imagines qu'à un croisement, un sourd arrête un entendant pour lui demander son chemin, il fait le geste de son oreille à sa bouche pour signifier qu'il est sourd, il tend un papier avec une adresse, exprime la question des deux mains et des sourcils, puis il attend qu'on lui fournisse une réponse, qu'on lui indique la direction à suivre. C'est une expérience réelle, qu'ont menée plusieurs équipes de sociologues dans des conditions d'observation scientifiques, parfois avec une caméra cachée. Eh bien, dans une situation comme celle-là, le plus handicapé des deux, c'est toujours l'entendant. C'est lui qui est totalement perdu. Comment faire ? Certains se mettent à hurler, on se croirait chez le professeur Tournesol… D'autres se lancent dans la confection d'un plan sur le papier, le truc illisible à tous les coups, ils en perdent contenance… Le plus marrant, ce sont ceux qui hésitent avant de dire qu'ils ne sont pas d'ici, qu'ils ne connaissent pas. Vous ne connaissez pas la grand-poste, demande le sourd en quelques signes expressifs ? Non, non, pardon, je suis pressé…

8

PLUS SOURD QU'UN SOURD

J'AI HÉSITÉ, plusieurs minutes, lors de notre dernier entretien, et puis j'ai fini par demander à Xavier les raisons de la rancœur qu'il avait tenace, depuis ce long week-end de retrouvailles familiales, qu'est-ce donc qui le gênait tellement dans la présence d'une interprète, pour qu'il y revienne aussi souvent, toujours sur un mode vindicatif ?

Est-ce que j'ai eu tort ? À vrai dire, je ne sais pas, Xavier aurait sans doute pu m'apprendre beaucoup de choses encore, et il était le dernier à pouvoir le faire. Julien m'avait claqué sa porte au nez quelques jours plus tôt, ce cauchemar, je vous raconterai. Dès le lendemain, Françoise, un peu gênée pourtant, m'avait gentiment expliqué au téléphone qu'elle ne pouvait qu'obtempérer à la décision de son frère, au bout de cette longue histoire familiale si douloureuse il n'était pas question pour elle de passer outre la volonté de Julien, quand bien même elle ne trouvait sa décision ni justifiée ni équitable.

Seul Xavier m'accueillait encore, qui s'en fichait bien du diktat de Julien, au contraire, il pensait peut-être pouvoir enfoncer le clou de ses convictions dans ma pauvre petite cervelle mise à l'envers par l'idéologie des sourds. Autant dire que, non, réflexion faite, je ne crois pas avoir eu tort. Et puis décidément il m'agaçait, à rester plus sourd qu'un sourd aux vraies questions que posait son frère, que je ne faisais en somme que lui répéter, quelques mois après ce week-end dont il était sorti mortifié pour une seule raison qu'il était facile d'isoler : il n'avait pas atteint son but, garder la maison, Julien ne voulait rien savoir, ne voulait que revendre sa part et au plus vite. Il l'avait affirmé on ne peut plus clairement : ce n'était assurément pas son problème si Françoise et Xavier qui rêvaient de la garder n'avaient pas les moyens de lui racheter cette part.

Xavier n'avait toujours pas digéré la vente de la maison, quand je l'ai rencontré, et lui non plus n'hésitait pas à dire ce qu'il en pensait, de ces façons… Venir avec une interprète ! Vous avez déjà vu un truc pareil, vous, une interprète dans une réunion de famille ?! Et tout de suite d'une violence… Cherchant les prétextes… Furieux dès qu'il ne trouvait pas les traces qui lui auraient permis d'accuser encore et toujours papa, comme ce tableau dont il a parlé à peine entré… alors, c'est parce que je venais, que vous l'avez enlevé, le portrait de Bell ? Le portrait de Bell ! Mais ça fait des années qu'il n'est plus là ! Vingt ans que maman l'a décroché ! À l'époque de cette guerre sourde entre nos parents, après la troisième lettre de Julien, quand elle reprochait… tout, au fond, tout, à notre père ! Ses choix d'éducation, ses colères, son égoïsme. Il était déjà tellement défait, c'était le bouquet final. Il s'enfermait dans son bureau au prétexte de travailler, mais il ne travaillait plus à rien, en vérité, à rien d'autre qu'à contempler la ruine de son œuvre, le manuscrit presque terminé de l'histoire des sourds à travers les hauts faits d'Alexander Graham Bell, il n'avait plus rien à ajouter. Tellement défait qu'il n'a même rien trouvé à redire le jour où maman a enlevé le portrait de Bell pour l'expédier au grenier. Il est passé devant la trace blanche sur le mur du salon sans un mot. Il n'a même pas lutté, il est monté s'enfermer une fois de plus dans son bureau. Pleurer peut-être… Pleurer, lui, Yves Laporte !

Je n'y tenais plus, j'ai fini par lui demander, à Xavier. Au fond, au-delà de tout ce que vous m'expliquez, est-ce que ce n'est pas la question des rapports de force, qui vous a gêné, lorsque vous avez vu votre frère arriver avec une interprète ? Vous espériez le convaincre, arriver à vos fins c'est-à-dire garder la maison, ai-je dit, m'arrêtant là avant d'ajouter ce que je pensais, à savoir qu'il espérait le manipuler à sa guise, le petit frère sourd, l'amener à lui laisser la gestion raisonnable de l'héritage paternel… Son arrivée avec une interprète, c'était une façon de vous dire que vous alliez discuter pied à pied, qu'il userait et agirait lui-même de ses propres mains, plutôt que de s'en remettre aux vôtres. Est-ce que ce n'est pas ça, d'abord, qui vous a heurté ?

Xavier s'est mis debout, ulcéré mais silencieux. Il a fait quelques pas autour de son bureau et de ma chaise, allumé un cigare, sans m'en proposer. Et puis il a enfin ouvert la bouche. Je crois que notre entretien est terminé, monsieur. Je le savais, évidemment, si j'avais toujours mon calepin, mon stylo. Je me suis levé. Eh bien, au revoir. Je vous remercie de m'avoir reçu. Je crois que vous en avez appris au moins autant que moi... Et je suis parti, avec toutes mes questions... Je riais, au fond, libéré, au souvenir du moment tellement révélateur que m'avait raconté Monique de ce week-end de retrouvailles impossibles, éprouvantes pour elle qui n'avait cessé de traduire... Françoise accueillante, tellement émue de revoir Julien, et puis capable de comprendre, mais Xavier... Obtus ou peu s'en faut, ne faisant des efforts qu'en apparence, ne pensant au fond qu'à une seule chose, la maison, comment la garder, la restaurer, la remettre en état, l'héritage de toute une vie d'efforts, le dernier témoin des conquêtes d'Yves Laporte ! Grandeur et décadence...

C'était peu après leur arrivée dans la maison, ce moment que racontait Monique ; ils s'étaient installés dans les chambres préparées pour eux, redescendaient les uns après les autres au salon où Xavier avait tant de mal à admettre ce qu'il peinait à comprendre, à savoir que Monique était là en tant qu'interprète, qu'elle se contentait de restituer en français les propos signés d'Hélène, et donc, comme n'importe quel interprète se livrant à la traduction simultanée, Monique disait "je" lorsque Hélène signait "je". C'était donc Hélène qui disait c'est moi qu'il faut regarder et non pas Monique qui tout en continuant de traduire insistait lourdement du doigt, désignant Hélène, que Xavier comprenne enfin que c'était elle, Hélène, qui s'exprimait, quand bien même elle parlait par sa bouche à elle, Monique… Qu'est-ce que c'est que ce bordel ?!

Laisse-moi t'expliquer, avait tenté Françoise, avant d'être interrompue par l'arrivée de Julien, le dernier à descendre au salon. Il avait l'air tellement bouleversé en entrant dans la pièce, racontait Monique, qu'Hélène s'était précipitée à sa rencontre. Ce qu'il avait, Julien, pour être blanc comme ça, titubant ? Ce qui lui arrivait ? Et Julien expliquait, il avait eu le tort de faire un tour dans les étages, jusqu'au grenier… Et tout lui revenait… Bell, l'orthophonie, la honte des démonstrations qu'il faisait régulièrement à la demande de son père, la bouche des rombières tordue par l'effroi et le dégoût, quand il venait saluer au salon, son père si fier de l'entendre articuler correctement… Oui, il avait vu des fantômes, dans les étages, le fantôme de l'enfant qu'il était, celui de son père, de Bell même, autant de revenants !

Attrapant le train en marche, Monique s'est mise en cours de route à traduire en conservant la voix la plus neutre possible, traduire que les papiers, là-haut, que vous avez donc conservés au grenier… Ah ! je me croyais plus fort… Mais le passé est tellement plus puissant que moi, ici… Et cela, ces papiers… Non… Jamais je n'aurais cru cela… non, je ne m'y attendais pas… tout me revient, tout…

Comment ça, tout lui revient ? C'est Xavier qui a failli se sentir mal, subitement, rigolait Monique, est-ce que son frère aurait mis la main sur un document stipulant une clause particulière de l'héritage ? Ce serait le comble, que tout lui revienne, à lui !, lui qui a tué le père après que le père se fut dévoué tant et plus pour le sortir de l'ornière !

Parce qu'il a beau essayer de se montrer aimable, il a beau essayer de renouer des liens, il n'arrive pas à penser autrement, Xavier. Le départ de Julien a signifié la ruine, il me l'a dit et redit de mille façons, lorsque je l'ai rencontré pour la première fois, avec Françoise. Leur père s'est effondré, au départ de Julien, voilà la vérité. Si Julien était revenu, peut-être Yves s'en serait remis. Mais là… Son travail biographique mis par terre… Tous ses écrits rendus caducs d'un seul geste du fils… Comment s'étonner que l'imprimerie ait commencé de péricliter, ces années-là ?

Françoise a beau dire. C'est vrai que tout le secteur a souffert, dès la fin des années 1970. Restructurations, rationalisation, et puis l'informatique... des pans entiers du métier... des compositeurs, des typographes, au chômage, par vagues, encore et encore, tout au long des deux mandats de Mitterrand... N'empêche. Est-ce qu'il était homme à se laisser tondre la laine sur le dos ? Jamais, jamais il n'avait baissé les bras ! Même pas face à la Gestapo, alors ! Jamais il ne se serait avoué vaincu, s'il n'avait été mis à terre au préalable !

Cette question de l'informatique, justement, murmurait Françoise, comme si elle avait peur de froisser son frère... La fin de la composition au plomb... Elle me l'a raconté plus tard, seul à seul. L'informatique, il n'y a jamais rien compris, Yves Laporte, il a bien fallu s'y mettre, mais il ne maîtrisait rien. C'est tout le métier qui changeait bien plus vite encore que dans l'après-guerre, mais cette fois c'est lui qui n'avait pas su prendre le vent nouveau, restant en rade, avec ses précieuses inventions techniques. Inutiles, bonnes pour la casse ? Tous ces bricolages, toutes ces améliorations qu'il avait apportées aux linotypes au long des années 1960, déposant encore un dernier brevet en 1974... Mais les linotypes disparaissaient l'une après l'autre, dans toutes, absolument toutes les imprimeries, et le départ de Julien n'a rien à voir là-dedans ! Plus d'usage ! Finis, la composition au plomb, les rêves de gloire de l'inventeur... La vérité, disait Françoise, c'est qu'il détestait l'informatique, qu'il aurait aussi bien pu préconiser d'en interdire l'emploi dans les pays civilisés... Il s'y était mis, certes, à la fin, mais en freinant des quatre fers, malgré l'insistance de Xavier lorsqu'il rentrait de son école parisienne, persistant plusieurs années à n'y pas croire. Alors, et quoi qu'il en soit de l'imprimerie, c'est surtout la mécanique à rêver, à fantasmer, à se projeter dans l'avenir où il aimait tant voyager, que le départ de Julien a fait plus qu'enrayer, qu'il a définitivement brisé, dit Françoise.

Je l'aime bien, Xavier, c'est mon frère, mais il faut reconnaître, c'est l'homme du ressentiment. À un moment, il a voulu convaincre Sophie, sa nièce, donc, ainsi qu'il disait, "ma nièce, donc", de prendre la mesure de l'homme qu'a été son grand-père, un homme admirable... Elle n'y va pas par quatre chemins, Sophie, sourit Françoise... Ouais, et bien moi, je vais vous dire, ce grand-père était peut-être un homme formidable, comme vous me l'expliquez, mais excusez-moi, je ne serais pas là si les thèses de Bell avaient triomphé, c'est-à-dire les siennes, à ce grand-père formidable, tout simplement pas là, pardon de m'en excuser...

Mais plutôt que d'évoquer les échanges si vifs entre les deux frères, Françoise le plus souvent préfère dire son émotion, son étonnement de voir ce que Julien est devenu. Un professeur, et bien plus encore, un intellectuel ! Julien ! Alors, ça... Elle ne pouvait pas s'empêcher de regretter, cependant... Si leur mère l'avait ne serait-ce qu'appris, comme elle aurait été transfigurée ! Julien... Tout de même, comme il l'a impressionnée, le dimanche matin, à la table du petit-déjeuner, dit-elle. Vous avez déjà remarqué que c'est au petit-déjeuner que l'on discute le mieux, dans ce genre de retrouvailles familiales, demande-t-elle, sans que j'ose lui faire remarquer qu'il ne m'est pas arrivé fréquemment de prendre un petit-déjeuner avec un frère disparu depuis vingt-cinq ans, mais je n'allais pas l'interrompre, alors je l'ai invitée à poursuivre d'un hochement de tête. Il s'est mis à me raconter, Julien, son travail, et ses recherches. Comme notre mère aurait été fière de lui ! Je lui ai posé quelques questions, avec l'aide de Monique, bien sûr, qui traduisait, inlassable, encore et toujours. Mes questions ne devaient pas être trop stupides, parce qu'il est devenu intarissable, Julien, vous savez, comme ces gens tellement passionnés par leur sujet qu'ils sont capables de vous en parler pendant des heures et de rester passionnants. Il en oubliait la maison, le rôle de son père. Je ne suis même pas sûre qu'il avait conscience de parler à sa petite sœur, ajoutait rêveusement Françoise, et j'étais bien placé pour entendre l'admiration qu'elle exprimait, tant je l'ai éprouvée, moi aussi, à écouter Julien parlant de ses recherches.

Julien, que je vous dise, quand même, les grandes lignes de ses travaux en cours, et comment il le raconte et vous embarque. Il vous embarque d'autant plus aisément qu'il n'inscrit ses recherches nulle part ailleurs que dans la vie, la vie vécue ; il date d'ailleurs l'émergence de ses dernières avancées de deux événements qui lui sont arrivés au quotidien, pas du tout dans les livres, qu'il étudie pourtant avec acharnement. Deux événements qui pourraient sembler anecdotiques, mais qui l'ont marqué de se produire à peu de jours d'intervalle, provoquant une étrange trouée de lumière dans un savoir accumulé deux décennies durant. Le premier s'est passé près du boulevard Barbès, à Paris, un après-midi qu'il venait chercher un ami pour l'emmener à Saint-Jacques participer à un colloque. Julien s'était garé sur un espace réservé aux livraisons, pour un court instant, et trois gamins maghrébins d'une quinzaine d'années, sans doute avaient-ils la charge de réserver la place, ont commencé de crier qu'il fallait qu'il dégage. Il n'avait pas entendu, évidemment, dans sa voiture. Il avait coupé le contact, ouvert la porte, il sortait tranquillement, sous les yeux éberlués des gamins, ce type ne manque pas d'air. Les gamins s'étaient faits menaçants, s'enfonçant sous la cagoule de leurs sweat-shirts, donnant quelques coups de pied dans les pneus, la carrosserie, dégage, connard, t'as pas compris, tu veux qu'on t'explique plus clairement ? Julien sort enfin, voit ces gamins qui tapent sa voiture, se met à hurler, hurler avec les mains, bien sûr, en langue des signes, mais d'une manière que vous pouvez croire immédiatement expressive, non mais ça va pas, oh, c'est quoi ce bordel et je ne sais plus du tout ce que j'ai dit, peu importe, racontait Julien, je ne sais plus quoi mais ça les a douchés instantanément, attends ce type est sourd, a dit l'un d'eux, ils ont tous enlevé leur capuche, esquissé un geste rapide vers les lèvres puis le cœur, se sont presque excusés et dépêchés de déguerpir.

L'ami de Julien, de l'autre trottoir, avait assisté à la scène, et lui a expliqué non seulement les raisons de l'agressivité des gamins, mais aussi de leur fuite, beaucoup de tabous encore dans notre monde arabo-musulman, signait-il, mais ce n'est pas comme ici. Contrairement à ce qui se passe dans la religion catholique où, comme tu l'as constaté toi-même en Martinique les familles superstitieuses en viennent à cacher les enfants sourds parce que leur existence désigne et dénonce un péché qui leur préexiste, l'islam a plutôt tendance à les considérer avec un respect religieux, qui ne rend pas forcément les choses plus faciles à vivre, tant on tient les sourds à distance, au Maghreb, préférant courber la tête au passage de ces êtres différents, qui risqueraient de vous deviner, d'en savoir long sur vos pensées les plus intimes, ces êtres un rien sorciers peut-être à qui chacun prête la capacité d'entendre ce que les entendants n'entendent pas, qui sauraient des choses du monde que ceux qui entendent ne savent pas, parce que les sourds les voient et les perçoivent avec tout le corps, pas seulement les yeux...

Trois jours plus tard, Julien faisait ses courses au supermarché, à trois cents mètres de chez lui. À la caisse, l'attente était longue, lui laissant le temps de réfléchir rêveusement à la conférence sur l'interdiction de la langue des signes qu'il préparait pour une rencontre au sein de l'Association des sourds de France. Devant lui, une dame au caddy bien rempli lisait *La Croix*, le quotidien catholique. Julien n'y prêtait aucune attention, sinon qu'à laisser traîner ses yeux par-dessus l'épaule de la dame, il en est venu à lire un titre sur deux lignes qui l'a fait courir au surtitre annonçant une conférence de Benoît XVI au couvent des Bernardins, à Paris, conférence destinée, non pas aux fidèles, mais au monde de la culture parisien. D'être encadré de guillemets, le titre proprement dit se présentait comme une citation : "La parole de Dieu est révélée par la parole des hommes".

Je suis aussitôt allé acheter *La Croix*, raconte Julien, tant ce titre rencontré par hasard résonnait avec toutes les problématiques que j'ai croisées ou brassées au long des années. Si c'est la parole des hommes qui révèle la parole de Dieu, alors on voit bien tout le problème que peut représenter le sourd. S'il faut "faire parler" les sourds, s'il faut d'une certaine manière expulser du sourd ce qui fait qu'il est sourd pour le rendre à la normalité, ce n'est pas pour aider les sourds, c'est pour la parole elle-même, la parole pure disaient les ayatollahs de Milan, pour sa capacité à circuler, inséminer, gagner les esprits sans rencontrer d'obstacle. Et l'obstacle, c'est le sourd. C'est ça, le moteur de la haine inconsciente que les entendants vouent à la surdité, et aux sourds à travers elle : dans une société dont les fondements reposent sur l'idée que la parole traverse tous les individus pour les dépasser et révéler ainsi le Dieu-Verbe qui donne sens à l'existence sur terre, le sourd est l'exception qui déroge à la règle, l'impureté qu'on doit éradiquer. Quel déclic, au supermarché ! Je me suis dit, grands dieux, c'est l'évidence : là se noue la guerre entre l'oralisme et la langue des signes, dans l'incapacité de certains à admettre que la langue des signes est une langue, qu'elle porte donc une parole comme toutes les langues du monde, et qu'un enfant éduqué dans la langue des signes est lui aussi traversé par la langue commune, tu n'as qu'à voir Sophie, est-ce qu'elle est en rien différente, sur ce plan-là, celui du rapport à la langue maternelle, de n'importe quel adolescent ?

Il s'enflammait, Julien, de dérouler sa pensée devant Françoise, au milieu des reliefs du petit-déjeuner. Il avait toute l'histoire des sourds dans les mains, il la tenait, la portait, la racontait de ses dix doigts, son regard, les torsions de son dos... Monique s'essoufflait, obligée parfois de l'interrompre une seconde, c'est trop compliqué, là, reprends, tu veux, j'ai perdu le fil, et il reprenait encore plus rapide... comme elle en est restée sidérée, Françoise ! Elle a souvent vu des débats, elle aime aller assister aux rencontres avec des intellectuels qu'organise le théâtre de la Monnaie, à Bruxelles, pas si loin de chez elle, mais elle n'avait jamais vu cette chose... étonnante... elle a beau avoir dépassé depuis longtemps les préjugés paternels, tout de même... si sa mère avait vu ça ! son fils ! devenu un intellectuel qui, comment dire... qui parle avec son corps, oui, c'est ça !

Julien était lancé, en tout cas, ce matin-là, plus rien ne pouvait l'arrêter, je le savais bien, puisqu'il m'avait tenu les mêmes propos enflammés, lors de notre deuxième rencontre, quand il m'a parlé de la haine inconsciente. Il faut comprendre, insiste-t-il dans sa langue, oubliant peut-être que pour le regarder on l'écoute en français, par la bouche de Monique, il faut comprendre qu'en français le mot "parler" vient du latin *parabola*, quand la définition exacte de la parabole est d'être un récit allégorique sous lequel se cache un enseignement secret. La parole est ce qui relie les hommes et leur fait partager un enseignement caché qu'elle seule, la parole, véhiculerait. Mais la langue des signes aussi, évidemment, comme toute langue elle est parole, dans ce sens-là !

Alors, je vais peut-être trop loin, mais... Tout de même ! J'en viens à me demander si la haine des sourds n'est pas sexuelle, si l'obscénité prêtée à la langue des signes par les puritains de la fin du XIXe siècle ne vient pas d'abord de cette dimension sexuelle de la parole. Dès la naissance, dès le berceau, la parole ensemence les entendants : si les petits enfants peuvent fermer les yeux, ils ne peuvent pas fermer les oreilles. Figure-toi qu'à force de chercher et de mettre en commun, avec les amis linguistes et historiens, nous avons retrouvé trace de cette dimension de l'oreille humaine ensemencée par la parole dans la plupart des civilisations, et parfois de façon ouvertement sexuelle. Pour les Dogons et les

Bambaras du Mali, par exemple, l'oreille est explicitement un double symbole sexuel, le pavillon étant une verge et le conduit auditif un vagin. Et pourquoi ? Parce qu'il y a une analogie de la parole et du sperme, tous deux homologues de l'eau fécondante, dispensée par la divinité suprême. Et même dans la littérature catholique aussi on retrouve ça, tiens, donne-moi un papier, je te l'écris : "Réjouis-toi, Vierge, Mère du Christ, qui par l'oreille a conçu." Si ce n'est pas une interprétation sexuelle… Alors, voilà, moi je dis que mon histoire vient de là, aussi, que notre père n'aura été que le vecteur de ces haines recuites, ces terreurs ancestrales et religieuses qui le manipulaient…

Mais enfin, est intervenu Xavier que cette conversation interminable lassait sérieusement, tu sais bien comment notre père pouvait bouffer du curé ! Maman je ne dis pas, mais lui, il n'avait rien de bien catholique, pardon… Et puis, c'est au nom du progrès, au contraire, du progrès technique, qu'il voulait faire parler les sourds, comme Bell – Bell qui a même réussi à faire parler les objets, avec le téléphone, alors, rien de religieux là-dedans !

Sans doute, précisait Françoise en me racontant la scène, sans doute parce qu'il était totalement happé par son propos, Julien n'a pas trop mal pris l'intervention de son frère. Ce n'était pas le fils qui parlait, c'était l'intellectuel. Peut-être c'est ainsi, d'ailleurs, toujours, que l'on peut se sauver du tragique, des pires situations où s'enliser : en pensant. Seule la pensée nous tire du marigot des affects... Resté sur le terrain intellectuel, Julien a pesé la question, pour y répondre.

Notre père, bouffeur de curé ? Oui, sans doute, on l'entendait lorsqu'il parlait de l'abbé de l'Épée. Mais, pardon, je me demande comment il a pu passer outre en lisant les attendus de Milan, où il voulait voir le triomphe des théories progressistes de Bell. Parce que, tout de même, à Milan, quelle étrange alliance entre des hommes qui se prétendaient scientifiques et le plus dément des discours religieux ! Tiens, deux phrases seulement, si tu veux me rendre le papier, mieux vaut les écrire en VO... Celle-là, c'est de Balestra, l'un des organisateurs : "Dieu après avoir créé l'homme, lui donna la Parole et Adam a donné un nom à tous les animaux. Ce fut donc Dieu lui-même qui nous fournit la méthode orale." Quant au fameux Tarra, ce taré de Tarra comme dit Monique, il dit ça, en conclusion du congrès : "C'est à l'école que commence la grande et sainte entreprise que nous appelons la rédemption du sourd-muet. Ouvrez sa bouche, faites-le parler ! C'est là ce qu'il veut, ce qu'il attend de vous et ce dont il vous sera reconnaissant." La rédemption !... Pour un bouffeur de curé, il avalait surtout des sacrées couleuvres, notre père, à penser qu'à Milan le progrès selon Bell avait triomphé... Quant à Bell lui-même, bien d'accord avec tous ces furieux... Ce n'est pas une fois, c'est cinquante fois qu'il a répété une conviction qu'il disait tenir de son grand-père, qui lui avait transmis bien plus qu'une méthode, qui lui avait transmis la conviction de l'importance primordiale de la parole, la parole qu'il considérait comme, tiens, je te l'écris en français aussi celle-là : "La parole est la caractéristique suprême de l'être humain. Peut-être est-ce à cet égard surtout que l'homme est à l'image de son créateur."

Dès qu'il a posé le stylo, Julien a recommencé à signer, mais plus lentement, le regard vide, presque inquiétant. Et moi ? Moi, je suis à l'image de quoi ? Je ressemble à quoi, à leurs yeux ? À rien ? À Quasimodo, le plus merveilleux des sourds de la littérature, Quasimodo, celui qui est quasi comme tout le monde, quasi...

Quasimodo… Elle n'y avait jamais songé, Françoise. J'ai beaucoup réfléchi à mon tour, elle m'a dit, ensuite, à tout ce que Julien brassait des deux mains comme ça, si naturel… À notre père qui voulait extirper le sourd de son fils, exactement comme Bell avec ses élèves. Il a raison, je crois, Julien. Notre père ne supportait pas la surdité, il ne supportait pas que sa parole de père se heurte à un mur, qu'elle ne l'envahisse pas spontanément pour l'inséminer comme ses autres enfants, et il était incapable d'imaginer qu'il y a d'autres moyens de communiquer, d'échanger, que la parole. Les gestes, mais tout le corps aussi, le regard, le toucher… Il supportait d'autant moins ce mur que le mur est invisible.

Dire qu'il se prétendait rationnel, Yves Laporte ! Au point de se moquer de Marie-Claude… Marie-Claude, deux fois coupable depuis qu'elle avait pris conscience, brutalement, de la tragédie dont elle s'était faite complice, une complice aveuglée par son amour et sa culpabilité, une complice innocente, une complice tout de même : complice, c'était le mot terrible que Julien écrivait, dans sa troisième lettre, si virulente, celle dans laquelle Marie-Claude avait pour la première fois découvert un autre point de vue sur Bell.

Oui, il se croyait sincèrement rationnel, Yves Laporte, sûr de lui, inconscient de ses propres peurs, de ses hantises archaïques… Comme le jour où Marie-Claude avait eu la malencontreuse idée d'évoquer à la table familiale l'épisode du baigneur de Julien… Cela aussi, Marie-Claude l'avait confié tardivement à Françoise, peu avant sa mort. Un détail. Un rien. De ces riens qui marquent une vie. Julien avait un peu plus de deux ans, elle jouait avec lui, assise par terre dans sa chambre fermée, au pied du lit à barreaux. Ils manipulaient les peluches, les bonshommes de plastique, puis Julien s'était arrêté un instant de jouer, avait regardé autour de lui, cherchant quelque chose, exprimant le désir évident de retrouver son baigneur resté dans la salle de bains. Sans que Julien la voie faire, ni bien sûr qu'il l'entende, Marie-Claude avait appelé à travers le mur, demandant à Marie, encore en train de ranger à côté, d'apporter le baigneur. Quelques secondes plus tard, la bonne arrivait avec dans les mains l'objet de ses désirs. La surprise de l'enfant en avait été si grande qu'elle s'en trouvait immédiatement lisible sur son visage, lumineuse. Il balayait les deux adultes du regard, cherchant à élucider le principe magique qui avait mystérieusement donné corps à son désir, jusqu'à ce que sa mère lui explique ce qui s'était en fait produit, lui montre qu'elle avait appelé en criant à travers le mur, le soulageant et le décevant tout à la fois. Bouleversée, Marie-Claude en avait conclu d'étranges pensées sur la magie, qui n'est jamais que l'expression d'un manque, d'un défaut dans notre capacité d'énonciation, peut-être, autant que dans notre capacité de perception du monde. Mais quand elle avait tenté de l'exprimer, racontant la scène, au dîner, Yves de méchante humeur n'avait même pas eu le front de rire, de balayer la superstition, non... La magie, les sens, la perception du monde au-delà ou en deçà du peu que l'on en dit... Il s'était contenté de hausser les épaules, avant de réagir, avec une minute de retard : mais il n'avait donc pas ses appareils, Julien, pour ne pas t'entendre crier ? Nous sortions du bain, a répondu Marie-Claude, défaillante... Il sortait du bain, il sortait du bain, mais enfin vous étiez en train de jouer, oui ou non ? Combien de fois il faudra le répéter ? Jamais, pas un instant, pas une minute sans ses appareils ! Et d'ailleurs, est-ce qu'il a au moins essayé de prononcer le mot, de dire "mon baigneur", Julien ? Non, mais j'ai immédiatement compris ce qu'il cherchait des yeux, a commencé Marie-Claude, un murmure, en faute… Ah oui ! Alors comme ça il fait un geste pour exprimer son désir et aussitôt tu réponds ? Tu réponds à ses mimiques, maintenant ?! Tu veux donc qu'il échoue, toi, sa mère, qui n'arrive même pas à te tenir à nos règles ? Elles sont pourtant claires, les règles ! Ah non, ce n'est pas possible, à la fin ! On n'arrivera à rien, à ce rythme… Yves s'était levé jetant sa serviette, avait quitté la pièce sur une dernière phrase… Est-ce qu'il faudra finir par le mettre dans une institution capable de le protéger vraiment, cet enfant ?

Au rappel de pareils souvenirs, Françoise se demande, pourquoi les retrouvailles lui ont laissé ce goût amer de l'échec ? Un échec certes relatif, elle sait bien qu'elle reverra Julien, désormais, qu'elle apprendra à connaître ses enfants, que les siens feront de même, mais un échec tout de même, qui ne permet pas d'envisager sérieusement de réunir plus souvent la famille au complet, les deux frères, la famille qui assurément jamais ne le sera, réunie, sous le toit de la grande maison, la belle maison Laporte… Elle se demande, Françoise, pourquoi il faut toujours que chacun cherche un coupable à ses malheurs, dans les familles. Que le départ de Julien ait précipité la chute de leur père, c'est vrai, mais après ? Ce n'était pas son but. Julien ne voulait que se sauver, c'est tout, sauver quelque chose en lui qu'il pensait menacé et qui, de fait, l'était, il ne voulait pas détruire, ce n'était pas du tout son désir. C'est ce que Xavier ne peut pas admettre. Mais voyez Julien lui-même... Lui aussi peut se montrer tellement excessif, par moments... Il peine à comprendre à quel point Xavier a aimé notre père, l'admiration qu'il lui portait, à ce père qui n'était sur cette question que le produit d'une histoire, une longue histoire qui le dépasse tellement, dans laquelle il s'est englué à souhaits, hélas...

Pourquoi est-il si difficile de ne pas se prendre les pieds toujours dans le même tapis du passé, pourquoi n'est-on jamais capable de se parler, simplement, laisser parler l'amour au barrage de ses dents, et partager enfin ce qui demande à l'être, la vie, si brève, si brève pourtant... Si difficile, même lorsqu'on l'éprouve, de réussir à dire l'amour, d'apprendre à le partager, à le parler, l'amour, cette langue étrangère dont on sait bien qu'elle engage, autant que les mots, les gestes, les caresses ou les regards, tout le corps au fond.

9

UN PERSONNAGE CLAQUE LA PORTE, PASSE LE MORT

J'EN AI RETROUVÉ d'autres, pourtant, des cahiers Clairefontaine à grands carreaux, ceux qu'à l'ordinaire j'utilise. Plusieurs fois, la main sur une couverture rouge, je me suis vu lancer l'eurêka d'un bond vers l'ordinateur. Mais non, c'était là d'autres manuscrits, d'autres notes, plus récentes, ou plus anciennes, celles que j'ai prises durant mes ateliers avec les comédiens sourds de l'International Visual Theater ou pour imaginer mes deux rencontres avec Julien, préparer la troisième dont je ne savais pas qu'elle serait la dernière et aussi brève, et tant d'autres brouillons encore que je pourrais aussi bien jeter, les bras m'en tombent.

Rien à voir, en tout cas, rien qui ressemble au surgissement de Julien dans mes phrases, je me souviens comme j'avais détaché les syllabes en l'écrivant à la première ligne du cahier rouge, j'eus-lien la-porte, ce nom qui avait aussitôt libéré mon geste, me décidant comme une évidence à m'émanciper de la vérité documentaire pour basculer dans la fiction afin d'y retrouver le droit d'inventer à ma guise une histoire exemplaire et même, d'une certaine manière qui ne me déplaisait pas, une histoire édifiante. Et c'était bien la liberté du romancier aussitôt retrouvée qui avait libéré mes phrases, et les avait libérées deux fois : en levant l'interdiction de déployer son histoire, en m'autorisant à imaginer tout ce que je n'avais pas encore imaginé avant que Julien me claque la porte au nez... Pas une scène de rêve, pour le coup, un vrai cauchemar.

Quelle chute, tout de même, l'interdiction de raconter après la perte du cahier d'origine, j'en tombe encore à la renverse... Imaginez, à votre tour... Disons que j'arrivais de Paris pour le voir, j'avais goûté le plaisir de venir à pied de la gare, préparant mille et une nouvelles questions qui se bousculaient dans ma tête en écho à nos précédentes discussions, durant lesquelles il m'avait raconté plusieurs épisodes de sa vie, s'enflammant encore et encore au récit de ses découvertes récentes sur la violence historique que les sourds ont eu à subir, sur la haine inconsciente dont ils sont l'objet. Sans me douter le moins du monde de ce qui m'attendait, j'anticipais une nouvelle pêche miraculeuse aux informations, aux anecdotes, d'autant plus heureux de m'y livrer que moi aussi j'apportais des matériaux, et Dieu sait que j'avais peiné ! J'avais promis de plancher sur les sourds dans la littérature... Je ne savais pas quelle galère... Ça n'a l'air de rien, *a priori*, on se dit qu'il doit exister des travaux universitaires sur lesquels appuyer sa recherche, des références, des bibliographies... Tu parles, c'est le cas de le dire ! Quelle surprise, de constater qu'il n'existe rien sur le sujet, rien d'accessible en tout cas, université muette sur les sourds. Aucune étude référencée, en volume comme en revue. Mais qui plus est, une fois constaté que le travail n'avait pas commencé d'être entamé, il a fallu se rendre à l'évidence : autant on croise des aveugles à toutes les pages depuis l'Antiquité grecque, des aveugles auxquels les romanciers prêtent volontiers une qualité de voyants qu'ils auraient construite à force d'échapper malgré eux aux apparences trompeuses du monde, autant on rencontre vraiment très peu de sourds, dans la littérature. Enfin, il faut être précis. On n'y trouve peu ou prou que des devenus sourds, comme la Félicité d'*Un cœur simple*, de Flaubert, qui perd l'ouïe au rythme même où son perroquet apprend à parler, ou des faux sourds grâce auxquels faire rebondir l'intrigue en quiproquos, chez Balzac par exemple, dont l'œuvre contient le monde entier, mais un monde où vous chercheriez en vain un sourd véritable.

Et pourtant... la littérature, c'est-à-dire, le cœur battant de la langue commune, l'ouïe et l'inouï, le Verbe qui féconde, la malédiction de ce qui est mal dit et la bénédiction de ce qui le serait bien, est-ce que ce n'est pas sidérant, qu'on y trouve si peu de sourds ? Est-ce l'altérité radicale qui empêche de leur prêter corps de verbe, à ceux qui échappent aux apparences trompeuses véhiculées par le discours, qui échappent dès l'enfance aux mécanismes de la psychologie ordinaire pour atteindre une autre vérité de l'expérience humaine ? Ou bien serait-ce l'invisibilité de la surdité, si difficile à montrer sur la page, qui expliquerait qu'elle s'invite plus facilement au cinéma ?

Quelques exceptions confirment la règle, heureusement, de Rabelais à Lobo Antunes, du Quasimodo de l'immense Hugo au merveilleux John Singer qui se révèle par sa surdité même être au centre du monde dans *Le cœur est un chasseur solitaire*, de Carson McCullers, et plusieurs autres, jusqu'au *Désert* de Le Clézio… Mais les exceptions restent rares, et souvent le personnage du sourd ne fait que passer, à l'arrière-plan, portant quelque chose de mystérieux qui est tantôt maléfique, tantôt bénéfique, mais qui n'est jamais neutre, et il est plus rare encore de trouver deux sourds dans le même livre, c'est-à-dire, d'y rencontrer la langue des signes.

Enquêtant sur la représentation des sourds, la réflexion m'avait mené ailleurs, cependant, ces jours-là. À défaut d'en croiser beaucoup dans les livres, je m'étais interrogé plus avant sur la figure du sourd dans les rêves. Si nous avons perdu la connaissance du monde symbolique ancestral, ses ramifications continuent pourtant d'irriguer nos rêves et nos phrases, et nous animent à notre insu. Et chacun sait profondément, au réveil, ce que signifie un rêve dans lequel on a vu passer la figure d'un être aimé, un être aimé marchant imperturbable tandis que l'on voudrait l'atteindre, tout proche, mais qui ne réagit pas à nos appels, qui ne les entend pas, qui reste sourd et insensible à notre voix, et qui, décidément, comme le dit si bien la langue commune de ceux qui ne veulent pas répondre à la parole, fait le mort.

Yves Laporte n'était-il pas, à son corps défendant, enfermé dans un monde symbolique dont il était incapable de maîtriser la moindre donnée mais qui dictait sa conduite, à son insu, lui qui s'est obstiné à contraindre son fils à la normalité, à lui insuffler la parole comme le secouriste s'obstine à insuffler la vie par le bouche-à-bouche à l'accidenté ? De cela, cette dimension archaïque de notre rapport au monde, je n'étais pas sûr de vouloir parler avec Julien, marchant vers sa maison, quoiqu'elle s'articulât parfaitement à sa réflexion. Il était trop tôt, peut-être, pour arpenter cette piste difficile. J'avais avancé suffisamment, les semaines précédentes, pour nourrir et fantasmer encore nos échanges, de toute façon, j'avais trouvé matière à l'intéresser, et comment. Curieusement, et cela sans doute n'est pas sans rapport avec la proximité des symboles, c'était plutôt dans la littérature de la Renaissance que j'avais puisé des références à lui transmettre ; comme si les sourds devenaient de plus en plus problématiques à représenter après Diderot, en particulier au XIXe siècle qui les ignore en littérature avant de les interdire dans la vie. Montaigne, d'ailleurs, les appelle non pas les sourds mais les muets, puisque à l'époque personne ne songeait à faire parler ceux qui "disputent, argumentent, et content des histoires par signes. J'en ai vu de si souples et formés à cela qu'à la vérité, il ne leur manquait rien à la perfection de se savoir faire entendre. Les amoureux se courroucent, se réconcilient, se prient, se remercient, s'assignent, et disent enfin toutes choses des yeux". Mais c'est surtout Rabelais, que j'étais ravi d'apporter au moulin de Julien, qui ne pouvait que nourrir ses grands tours de bras, et pas seulement pour l'inoubliable scène où Nazdecabre, le berger sourd et muet qui atteint à la vérité du prophète par le fait même qu'il échappe à l'ambiguïté du langage, réjouit Panurge en lui annonçant par signes son mariage. Ce n'est cependant que pour le mieux contrarier aussitôt en complétant sa prophétie : "Si les signes vous fâchent, dit Pantagruel, ô combien vous fâcheront les choses signifiées. Tout s'accorde. Le muet prétend que vous serez marié, cocu, battu et dérobé." Plus encore, ce qui ne pouvait que lui plaire, à Julien, et j'en avais goûté le miel par avance en relisant le début de *Gargantua*, c'était le coup de pied de l'âne à la crédulité religieuse que s'autorise Rabelais lorsqu'il renverse la fécondation de Marie par le Verbe, lorsqu'il raconte comment Gargantua, faute d'autres issues, vint au monde par l'oreille gauche de sa mère pour aussitôt demander "à boire, à boire, à boire !".

Et voilà que Julien Laporte ne m'avait seulement pas laissé entrer, ce jour-là, mon sac en bandoulière je me retrouvais sur la sellette, face à lui, visage fermé, qui occupait l'encadrement de la porte de toute sa carrure, jambes écartées comme un cow-boy sous son sweat-shirt Schott. D'évidence il s'était préparé à la scène, il m'attendait, à peine ai-je eu le temps de deviner derrière lui la présence silencieuse et peut-être réprobatrice de son amie Monique. Malgré la faiblesse de mes connaissances en langue des signes je n'ai pas eu besoin d'elle, ce jour-là : nul besoin d'un interprète pour comprendre ce que Julien avait à me signifier, alors qu'il lançait distinctement ses mains accusatrices à l'assaut de ma stupéfaction, signant ses phrases en marquant les détails exactement comme nous pouvons articuler face à un guichetier obtus, me pointant du doigt à hauteur de la poitrine pour m'exprimer sans ambiguïté son sentiment d'avoir été floué, dans la syntaxe si particulière à la langue des signes : "Monsieur, vous venez de

Paris pour me voir, je le sais, mais j'ai décidé de ne pas vous recevoir. Pourquoi ? Parce que ce matin j'apprends une information que vous n'avez pas dite avant, une information cachée dans nos échanges, à savoir que vous êtes le père d'un enfant sourd. Je suis la bonne personne pour le savoir : il faut toujours se méfier des pères d'enfants sourds. Les parents d'enfants sourds sont les moteurs de la catastrophe. Cette vérité de l'Histoire est encore plus grande lorsque les parents ont imposé à leur enfant le choix de l'oralisme ou de l'intégration, comme vous l'avez fait. Merci", continua-t-il en accentuant ses gestes d'un regard presque menaçant avant de fermer la porte sans attendre, lui qui s'était montré si chaleureux et accueillant lors de ma précédente visite, "merci d'oublier l'ensemble de mon histoire et tout ce que vous pouvez savoir à mon sujet, de ne plus importuner les membres de ma famille et de ne jamais plus vous intéresser à ma personne". (Autant je ne pouvais guère me tromper quant au geste avec lequel il avait désigné "sa personne" d'un mouvement des deux mains retournées vers lui pour encadrer son torse de haut en bas, autant j'ai choisi arbitrairement de traduire par le mot "importuner" un signe qu'à la vérité je ne connaissais pas, mais qui m'a semblé aussi clair que le mot "emmerder" peut l'être.)

Je n'avais pas encore commencé de réaliser que je me suis retrouvé le nez sur la porte, le visage porté à ébullition immédiate par un cuisant mélange de stupéfaction, de colère et de honte. Un sentiment de honte totalement inapproprié, à vous mettre le visage en feu d'autant plus vite que l'accusation est injustifiée. Non seulement je n'avais jamais songé à le cacher, pas plus qu'aux autres sourds avec lesquels je travaillais, au théâtre, qui savent tous que ma fille est scolarisée en intégration et que mon travail avec eux a aussi pour objet de l'accompagner dans sa découverte de la langue des signes et son désir, à l'époque, de devenir comédienne ; non seulement je n'avais jamais songé à le lui cacher, mais surtout je l'avais déjà entendue, cette phrase, il faut se méfier des pères d'enfants sourds. C'est ce que j'ai d'abord pensé, en reculant lentement comme on sort d'un cauchemar, dans le cauchemar encore. Je l'avais entendue trois semaines plus tôt, cette phrase, la même exactement, à la fin d'une conférence que j'avais donnée à l'IVT pour expliquer notre travail d'atelier. J'avais ma petite idée, du coup, sur l'origine de la formule. Un grand type qui s'était levé, au moment des questions, venu sur scène pour signer face au public son intervention que les interprètes traduisaient au micro, mais qui n'avait prononcé qu'une seule et unique phrase, celle-là, alors que mon intervention ne faisait aucune référence à mon état de père d'enfant sourd, aucun rapport. Je n'avais pas réagi. Je m'étais renseigné, après ; il appartient au petit groupe des militants les plus radicaux, ceux qui estiment que les sourds doivent reconstruire leur culture sans aucun échange avec les entendants, ceux qui estiment que l'IVT, par exemple, se fourvoie en travaillant avec des entendants pour tenter au contraire d'élaborer un lieu d'échange et de respect mutuel.

Dans la vie normale, j'aurais eu à dire, à répondre, évidemment. Que Julien se laissait rattraper par la violence historique que, justement, j'espérais avec lui dépasser, que tout ce travail que j'ai évoqué déjà visait à dépasser. Qu'il nous y précipitait de nouveau, dans la violence historique, et je pouvais comprendre sa réaction, s'il avait eu le sentiment d'avoir été floué, mais il se trompait d'objet, de sujet, du tout au tout ! Rien, je n'avais rien à voir avec le père de Julien Laporte !

Il était inutile, évidemment, de crier à travers la porte, ou même d'y tambouriner. Et je connaissais suffisamment l'homme pour savoir que sa résolution risquait fort de ne pas souffrir de repentir ; de fait, les mails envoyés les jours suivants sont restés sans réponse, y compris ceux que j'ai adressés à Monique ou Hélène. Comme s'ils n'avaient jamais existé. Le silence. Rouge au front et bec dans l'eau, je n'avais plus qu'à repartir à la gare, me répétant bêtement qu'il n'y a pas pire sourd qu'un sourd qui ne veut rien savoir.

Ou bien était-ce la clé, ce vrai cauchemar ? Comme le cahier rouge qui n'aura été qu'un rêve serait la serrure ? Je me suis demandé, au réveil. Un réveil désagréable, ce goût d'amertume certains matins qui surviennent loin avant le matin… La tentation de se retourner, essayer de se rendormir… Et subitement ces mots qui reviennent du cauchemar, intacts, face à la porte, il faut se méfier des pères d'enfants sourds… Et moi aussitôt debout, absolument réveillé…

C'est que l'inconfort de ma position devenait criant, certains jours, au théâtre. Peu après l'épisode des pères d'enfants sourds dont il faut se méfier, j'avais été pris par deux fois à contre-pied. J'avais vu, à l'IVT, le one man show d'un jeune comédien sourd qui poursuivait la bataille contre l'oralisme en dirigeant ses attaques contre le code LPC inventé aux États-Unis dans les années 1960, ce code où les gestes de la main à hauteur du visage permettent de discriminer les syllabes et facilitent la lecture labiale, qui est celui que j'emploie depuis sa petite enfance avec ma fille. Le spectacle usait d'une mauvaise foi confondante, qui m'avait mis mal à l'aise, d'autant qu'il s'agissait d'en discuter, après. Moins mal à l'aise, cependant, que la parole d'un père, le lendemain soir, lors d'une réunion de parents d'enfants sourds organisée par Codali, le centre qui gère l'accompagnement scolaire de ma fille grâce à la présence récurrente d'accompagnants qui utilisent ce code LPC. Lors de cette réunion, la directrice du centre, une femme formidable, Chantal Descourtieux, avait émis l'hypothèse qu'à l'exemple de ma fille d'autres élèves envisagent de prendre l'option langue des signes au baccalauréat, en tant que deuxième langue vivante, puisque c'est désormais légal et possible. Quel tollé ! La langue des signes, ici, vous n'y pensez pas, madame ?! Un père s'est levé, à deux chaises de moi, pour dire son dégoût, un dégoût qu'il affirmait spontanément partagé par son enfant, âgé de dix ans, son enfant qui ne supportait pas de voir des sourds qui signent, c'est tellement... animal, son enfant dont ce père n'imaginait pas une seconde qu'il puisse reproduire ses propres préjugés. Aurais-je cherché un modèle à mon personnage d'Yves Laporte, je n'avais qu'à le photographier, celui-là...

Et voilà qu'une semaine plus tard, ma fille que j'avais le sentiment d'accompagner en me lançant dans ce travail à l'IVT, ma fille revient du cours Morvan, un vendredi soir, profondément choquée. Comme chaque semaine, elle était allée dans cet établissement historique d'enseignement des sourds pour participer à un atelier de théâtre en langue des signes, exceptionnellement accompagnée d'une amie sourde elle aussi scolarisée en intégration, venue pour voir. Toutes deux bavardaient à leur habitude, en utilisant entre elles le code LPC, à une vitesse qui toujours me sidère, depuis le métro jusqu'à la cour d'entrée de l'école, où trois adolescents les voyant arriver en codant ainsi se sont décollés du mur pour les agresser, signant leur mépris, que c'était une honte, des sourds qui utilisent le code LPC des entendants, qui portent des appareils, des traîtres à la cause, des jaunes...

Trois garçons véhéments, qui leur barrent un temps le passage, les insultent, font preuve d'une bêtise, dit ma fille, aussi insupportable que leurs gestes menaçants, encore un peu ils nous auraient secouées ! Ce n'est pas demain que Flo revient avec moi dans le monde des gens qui signent, poursuit ma fille, de fait et tu diras ce que tu voudras de tes amis formidables de l'IVT une scène pareille, ça ne donne pas envie…

J'ai le chic, il faut dire, pour planter mes tréteaux d'écriture là où le terrain est le plus glissant, là où la vie et l'écriture ne font plus qu'un de s'irriguer l'une l'autre, sous le soleil exactement certains jours, mais quelle bouillasse d'autres fois. Cette manie, de construire des tours d'y-voir quelque chose, dans l'espoir de parvenir, grimpé là-haut, à y voir enfin quelque chose à défaut de s'y entendre, dans nos vies indomptables et sauvages, cette manie de jouer à construire mes tours d'écriture en plein milieu de la vie réelle, tours quand même, tours toujours… Allez construire une tour en plein champ de bataille ! La guerre des oralistes et des signeurs… deux siècles de combats, nombre de victimes incalculable, tous ceux qui furent laissés non pas pour morts mais pour débiles sur le bas-côté de la grand-route... cette foutue violence qui n'en finit plus de répondre à la violence par la violence, en écho à la violence des générations précédentes, toujours au nom de la génération suivante, les enfants... Est-ce que j'avais le droit ? Est-ce que ce n'était pas un cauchemar partie prenante de la fiction que je venais de faire, cette nuit-là, un cauchemar qui me disait qu'il fallait procéder autrement, que la porte de l'histoire m'était claquée au nez ? Je ne suis pas sourd. Je ne suis pas militant. Je ne suis que le père d'une jeune fille sourde, est-ce à moi de raconter, serait-ce du point de vue des pères ?

Ma fille... Cette force d'être stupéfiante, qui m'impressionne tant, certains jours. Et comme je suis fier d'elle, souvent, la semaine dernière encore, lors d'une réunion avec les représentants des différentes institutions qui concourent à sa scolarité dans le bureau du proviseur du lycée où, en intégration, elle prépare son baccalauréat – comme elle m'a impressionnée par sa force d'être, la tranquille assurance avec laquelle elle accueillait les compliments de ses professeurs sans s'interdire de les contredire sur un point ou un autre, sa capacité à surmonter ses difficultés d'expression pour interpeller aussi bien le proviseur du lycée que le professeur principal ou le représentant de la Sécurité sociale et affirmer calmement ce dont elle avait besoin comme aide supplémentaire. Et nos sourires complices, encore, lorsqu'elle s'autorisait à reprendre le conseiller d'orientation qui, ne sachant pas comment s'adresser à elle, ne parlait qu'à moi, tourné vers moi malgré mon insistance à lui désigner ma fille qui remuait sur sa chaise, disant "quoi ?" de sa voix de sourde, le répétant plus fort, "quoi ?!!", pour qu'enfin le conseiller tourne la tête et reprenne face à elle sans que j'aie à lui répéter ses propos en codant, pour un peu je l'aurais applaudie, j'étais émerveillé, moi qui ai toujours eu tant de mal à prendre la parole dans ce genre de circonstances, elle est bien plus forte que moi !

Pour autant... Est-ce que je faisais autre chose que mon personnage d'Yves Laporte, depuis des semaines, à imaginer écrire sur le cahier rouge à partir de mon expérience de père d'enfant sourd, à y chercher, à y trouver ma chance ? Ma chance... Si je m'en souviens, comme je me suis débattu avec le désir d'écrire, aussi, après l'irruption de la surdité dans ma vie ! J'avais commencé par noter une phrase, une seule, dans mon grand, mon immense, mon trouble malheur... Se sauver, sur la page ? Je vivais de littérature, j'étais critique, j'avais publié en revue, je ne cessais de commencer et recommencer des romans que leur complexité rendait impossibles à terminer. Cette fois, quel sujet ! Que d'émotions ! Des émotions profondément vécues, très réelles, le sentiment du tragique... Oui, je m'étais débattu, et il m'a fallu dix-huit ans et une douzaine de livres publiés avant de m'y lancer sans culpabilité, à l'assaut de la surdité. Qui m'a donné tant à réfléchir, au long des années, et tant à penser sur notre rapport à la langue, évidemment. Ma chance... une chance que je partage, que je fais sienne en la lui disant, à ma fille, cette chance qu'elle est, aussi, que je module avec elle, que j'assume, qu'y a-t-il de plus beau à partager avec un être que la chance qu'il vous offre et chaque jour ? La chance de l'amour...

Et puis, tout de même, renoncer... Il en a de bonnes, mon personnage... Je ne vais pas m'imaginer en rediscuter des heures à sa porte avec lui. Cette histoire, pour être ma chance à l'instant où je l'écris, cette histoire excède tellement la mienne et la sienne ! Voilà bien ce qui me tracassait, au réveil, me voyant revenir à pied de chez Julien vers la gare (j'avais le temps, le train réservé pour la fin de la journée), ce qui me tracassait, ou, plutôt, ce qui m'effondrait, comme Perrette regardant stupide le pot cassé à ses pieds : la perte d'un modeste trésor ou de son rêve merveilleux. Comment, comment me priver d'une telle histoire, la sienne, celle d'un intellectuel sourd qui n'a pu le devenir, intellectuel, qu'après avoir échappé à l'éducation d'un père sûr de lui et autoritaire, qui n'a pu le devenir qu'au prix d'une rupture violente et courageuse, alors qu'il avait fui le domicile familial pour gagner Paris, y conquérir la langue des signes et s'affirmer bientôt l'un des plus ardents défenseurs, l'un des plus exemplaires aussi, de cette langue dont son père, vingt ans durant, avait tout fait pour le garder ? Et y parvenir avec la même détermination, le même volontarisme que lui, cependant !

Il faudrait donc tout, tout inventer ? Parce que je n'allais pas renoncer, tout de même. Ce n'est pas seulement, ce n'est pas tant l'histoire des sourds, elle a déjà été racontée... Ce n'est pas seulement cette étrange manie si courante à l'échelle des familles comme à l'échelle du monde, de vouloir faire le bien des autres, serait-ce à leur corps défendant, serait-ce malgré eux. C'est aussi l'amour que l'on dit parental, sachant si mal ce qu'il peut être, cet amour, ce que nous en faisons au quotidien des jours, ce qu'ils en font, vraiment, ces pères, ces mères pleins d'amour, qui veulent aimer leurs enfants, les protéger, leur donner tout l'amour dont ils disposent, sans parvenir cependant à aimer ce que profondément sont ces enfants, ou ce qu'ils deviennent, qui voudraient tant qu'ils soient autres que ce qu'ils sont, est-ce si rare ? Et pourtant… Avons-nous tant de raisons de nous croire forts d'un savoir stable et sûr ? Ne vaudrait-il pas mieux croiser les doigts dans l'espoir que nos enfants y arrivent un peu mieux que nous, à vivre sous un ciel vide, libérés du carcan des superstitions religieuses, mais enfermés en nous-mêmes ? À devenir bilingue, peut-être, d'apprendre à parler l'amour…

Alors, oui, tout inventer, pour tenter un peu de dire l'ancestrale malédiction des familles, la soulever au moins sinon la lever, cette malédiction qui n'a pas plus à voir avec la surdité que la bénédiction de la vie ne dépendra jamais de notre capacité d'oraliser le monde, mais de l'intelligence du cœur que nous pouvons déployer dans l'espoir de parvenir, par instants, à le formuler enfin – arriver enfin à s'entendre, les uns les autres, sans préjuger de ce qui ne devrait être qu'un moyen pour y parvenir.

Ce que je me suis dit, au réveil, le matin de la méfiance des pères d'enfants sourds, avant de me jeter sur mes cahiers, commencer enfin ce récit sur un chemin dès lors parfaitement balisé, décidant d'avancer en confiance, dans la pérennité du ciel et de la terre.

REMERCIEMENTS

Ce livre n'aurait pas pu exister sans une aide à la création octroyée par la région Ile-de-France en 2008, qui m'a permis de travailler un an durant et dans d'excellentes conditions avec toute l'équipe de l'International Visual Theater, que dirige la comédienne sourde Emmanuelle Laborit à Paris. Que cette équipe soit ici remerciée de son accueil bienveillant, et tout particulièrement les comédiens sourds qui se sont investis dans nos ateliers : Emmanuelle Laborit, mais aussi Bachir Saïfi, Elën Séau, Kheira Lamada, Hrysto, Philippe Galant, Olivier Schetrit et Victor Abbou. Je m'en voudrais d'oublier ici les deux interprètes sans qui rien n'eût été possible, Anne-Marie Bisaro et Corinne Gache.

Pour les lecteurs désireux d'en apprendre davantage sur l'histoire des sourds et de la langue des signes, je me contente de renvoyer à trois livres importants, riches chacun d'une imposante bibliographie : *Quand l'esprit entend*, de Harlan Lane (Odile Jacob, 1991), *Les sourds existent-ils ?*, de Bernard Mottez et Andrea Benvenuto (L'Harmattan, 2006) et plus qu'aucun autre *La voix sourde*, de Michel Poizat (Métailié, 1996).

TABLE

OUVRAGE RÉALISÉ
PAR L'ATELIER GRAPHIQUE ACTES SUD
ACHEVÉ D'IMPRIMER
SUR ROTO-PAGE
EN FÉVRIER 2025
PAR L'IMPRIMERIE FLOCH
À MAYENNE
POUR LE COMPTE DES ÉDITIONS
ACTES SUD
LE MÉJAN
PLACE NINA-BERBEROVA
13200 ARLES

DÉPÔT LÉGAL
1re ÉDITION : MARS 2025

N° impr. : 106401
(Imprimé en France)